诗歌风赏

水软山温

大型女性诗歌MOOK

娜仁琪琪格　主编

2021年第一卷
总第027卷

POETRY APPRECIATION

長江出版傳媒
长江文艺出版社

诗歌风赏

时光最美的记忆与珍藏

关注 Attention

新浪微博 @ 诗歌风赏
http://weibo.com/shigefengshang
微信公众号：诗歌风赏

新浪博客：http://blog.sina.com.cn/shigefengshang

联系 Contact Us

E-mail：shigefengshang@126.com

我们 About Us

主　　编　　娜仁琪琪格
执行主编　　苏笑嫣
编　　辑　　纳　兰
　　　　　　宫白云
　　　　　　原　野
美术编辑　　苏笑嫣

装帧设计：北京慕玺雅文化传播有限公司

水软山温

娜仁琪琪格

“与我比邻的潮白河结冰了，此时是薄如蛋清的一层，很是剔透，过不了多久就会厚实、坚硬起来。我生活的北方进入了肃穆，如果一场大雪降临，那也自然是美的。我很喜欢雪，只要有雪，我愿停下一切的事务，静静地去看它们如何来到尘世，圣洁的绽放在落向大地的时候，每一瓣又仿佛落在了我的心房，我又感到凛然赴死一般的决绝，而万物因其默默的渗透、滋养，获得春天的希望。”这是我写给远方一位朋友的信的开头，我愿引用来作为这篇卷首的开始。正是在这段入冬的时光里，我开始了 2021 年第一卷的编辑工作，有些工作的准备比这还要早些，编辑是永远走在时间前面的人。

说到下雪，今年冬天的雪来得比往年也早了些，第一场雪是在 11 月 21 日清晨到来，站在窗口望向纷飞的落雪时，我便忘记了早起的目的，急不可待地打开窗户，顾不得冷风扑面袭来，举起手机以录像的形式记录了 2020 年冬天的初雪。一些树木的叶子已经黄成熟透的样子，而另一些树木的叶子正在由绿转黄，由于气温仍高，急速而降的鹅毛飞雪，落到树上，落到地上，马上化为水，湿润了这个世界。

近些年由于居住在潮白河边上，离园林近了，看到每年进入秋季，园林工人们开始忙碌着为下一年的春天做工作，最让我惊异的是他们在秋季植树，颠覆了我长期以来都认为应该在春天植树造林的认知。而在入冬前，他们不仅用绿色的塑料膜给一些树木穿上冬装，还在做这些工作之前为树木、花草灌溉透一场水。某日看到这情景我恍然明白，他们这是为了冬天的保墒，以待明年春风一度，花草、树木都蓄势萌发。哦，园林工人和我们编辑一样，做着同样的工作。

编选这卷的来稿时，我惊喜地看到《诗歌风赏》在创办之初的几年推出的那一拨新人成长的速度很是惊人，她们成熟、丰茂了起来，开出更为妖娆、绚丽的花朵。我看着她们花开恣意又各有风格，感到由衷的欢喜，于是一个想法突然从大脑中跳了出来——何不以“80后”、“90后”甚至是“00后”为主编选一卷，迎接新一年的到来？在美好的春光中与那些灿然绽放的百花、与大自然的欣欣向荣相呼相应，彼此映现。这个世界本来也是无二的一个整体，万物同体。于是，我又抓紧时间约来一些青年诗人的诗歌，伏案工作。作为一个编辑，我是极其认真的，每个人的作品来到我的眼前，我都是细看的，唯恐辜负了谁的信任，更唯恐辜负了自己所拥有的这个职业身份，近20年的编辑生涯，已经把这些视为自己的天职。

本卷的头条“独秀”推出蓝格子的诗歌《山海经》，还有她的一篇关于这组诗歌的创作随笔《诗歌的启示引领我返乡》，《诗歌风赏》也特意邀请了诗人、评论家贺颖为她的这组诗歌写了评论《异乡人：或灵魂的向死而生》。“群芳”栏目汇聚了当下活跃在诗坛，非常优秀的一批年轻人的作品，敬丹樱、小西、康雪、徐晓、吕达、周簌、余真，李咏梅、周园园、袁嘉敏，还有今年参加诗刊社“青春诗会”的朴耳、蒋在、陈小虾，另外还有徐丽萍、冰洁、袁碧蓉三位“70后”诗人，她们将在这个群芳绽放的栏目展示女性诗歌的魅力。“绽放”栏目依然推出几位新人的作品，她们是陈雨潇、余冰燕、杨晓婷、田字格、张丹、宝音塔米尔，她们的诗歌给我带来新的惊喜与美好的期待。为此，我邀请了评论家张德明老师为她们写评，这是鼓励，是指导，更是保驾护航。本卷的“散章”栏目推出了颜儿、梅一梵、孙苜苜、如风、高娃的散文诗，同样值得细读，相信读者朋友们定会从中取得新的收获。

《诗歌风赏》每卷隆重推出的个人专栏“煮酒”，在本卷中展示的是1970年代末出生的诗人灯灯的一组诗歌，与她青梅煮酒、把酒话诗的是她的朋友——女诗人南方狐，这酒香醇美而又深刻、绵长，把灵魂托付给文字来表达的人，访谈文章是最见性情的。

另外，在这一卷中有个专辑，收集的是在2020年10月《诗歌风赏》邀约的一批诗人与诗人画家去浙江文成的采风作品，集中展现活动的精彩纷呈与意义。

季节的轮回周而复始，在冬季孕育的深沉与慈爱中，我们再次感受并倾听着春的胎音、律动，和它每日的成长。再抬头，水软山温，世界又是另一番模样。

目录 contents

2021.1

001 独秀

017 群芳

099 绽放

独秀

蓝格子

写诗，现居北京。

山海经（组诗）

蓝格子

一只干枯的松塔

阳光照耀着寂静的松林
一只干枯的松塔
在同样干枯的草丛里
显得孤独，且从容
是什么使它放弃生长的高枝与孤傲的心
是它自己坠落，还是被风吹落
在它掉落的瞬间是否也曾
给大地沉重的一击
从山中离去，当我回身仰望
才明白松塔落下的原因
更多的，是一座山的力量
使它不能承重
我并没有目睹它在枝头摇摇欲坠
和掉落地面的全过程
但可以想象，一只松塔
是如何被抽去生命的汁液
和它终于无可忍耐
发出的，那“嘭”的一声

山林之诗

秋天已经降临。身边的树
还坚持着自身尚未完全消退的绿色
再晚些就好了，整座山

都会变得五颜六色
我们用去一个下午的时间在山中闲逛
对于秋日之辽阔与大地之苍茫
却并未真正理解
去年我们就到过此地
遇到一只从树上跳下的松鼠
现在，没有松鼠
风依旧从山林吹过来
我们总是不能免于被记忆所牵扯
而无法让一座山，一棵树
或一段路，为我们分心
天气发出越来越凉的讯息
马上就是深秋，接着是冬天
万物沉浸在自己的命运中
无法自拔。我们也只好低头
继续走。仿佛有一种
藏身在密林深处的孤寂
正等待我们去造访。

莲花山

记忆深处的某个秘境。一旦涉足
就休想忘怀。莲花山
有时不过是一个名词，并无实指
譬如此刻，你用去整个夜晚的时间在山中闲逛
一次故地重游。竟不知疲倦
树上的叶子已经落了大半
是的，那些树
它们显然经历过一场冷霜
深秋的风吹来一些萧瑟之气
枯草更枯，黄叶更黄
无论你是否理解
我们交谈中的词语也正这样承受
一些难言的苦衷变得更苦
我们自言自语，我们无话可说

危险来自对往昔的依赖和对未来的恐慌
更凛冽的时刻就在不远处
这并不是什么秘密
你知道，无论天气多么寒冷
莲花山都会一如既往地不为所动
克制，或是忍耐
我们也曾这样一意孤行
我们曾露宿在此。记忆的裂缝
再一次打开。一座山
在黑暗中压向你的眼睛。

莲花山

多年过去，我还是一如既往地眷恋它
一座低矮的山冈。只要坐在山中
就有如坐拥安稳人世
听秋风穿林打叶，听松涛汹涌
那些亲密的，熟悉的初衷
耳目亲历，可感可触
顽固的老树皮曾被我倚靠
它们总是默默无言，相互守候
落日余晖。像所有枯叶
草地上滚落的松塔一样
我已做好腐烂的准备
如今，山色空
我身披薄霜，迷失在腐烂的途中
莲花山，是否还会用它满怀柔情接纳我
像宽和的母亲，
也总是原谅她犯错的孩子。

莲花山

再一次，我们谈论起莲花山
已经无法确切记得上一次造访的时间了

只知道，是秋天
再进一步，是初秋
枫叶还未红透
消失的动物园被品类不一的树木填满
记忆里的景致
并没有什么新鲜之处
无非是一些密匝的树叶
有时茂盛，有时败落
你知道，作为一座山的形象
它一直都在那里
结局早已呈现
珍惜，显得不值一提
你想象着
再见时，你曾坐过的石头，长出苔藓
或是倚靠过的树木
正长着好看的浆果。这就是一切
过去的一切。而如今
我们离开许久
再没有人，喊我们回来

莲花山

树木的叶子已经变得宽阔
多年以后，我们再次来到莲花山
人至中年。我不知道
该如何向你讲述此刻的人生
如同现在，莲花山就在我们眼前
寒冬早已远去。我却无心描述它的蓬勃
上山的路显然被翻新过不久
林中吹来的风，力度恰到好处
年少的模样抛却身后
这些时日，莲花山来过多少人
他们是不是也和我们一样
被困于生活，偶然记起
一座消瘦的山冈，几只干枯的松塔

和一些被踩在脚下的落叶
而对于这些，莲花山始终保持平静
你知道，一个人的命运
远不及一座山沉重。

大海安静下来

这一次，我们没有触及海水
甚至没有去踩那些软绵绵的沙
阳光在水面上投射无数细小的波纹
是什么让大海褪去了之前的肆意
书本里描述的蓝在头脑中折叠成安慰
此刻，是灰色占了上风
你要接受一种真实，并非印象中的虚幻
日常在一次次交谈中显露出窘态
词语遭受到外界的鞭打
这么多年，大海中兀立的岛屿
也是这样日夜承受着身心分离之苦
更远处的山，总是不动声色地
看着它们汹涌，咆哮
或是低声哭泣
现在，眼前的辽阔与负重
让我几乎忘记了生活的悲伤
海天一色。平静下来的大海
一个人，站在它旁边
宛如一棵安静的雪松。

浪花之诗

此刻，我站在大海对面
可我不想向你描述它的辽阔
也不想形容海水的蔚蓝
我要告诉你
浪花向我扑来的时候

是多么汹涌，奋不顾身
它以迅雷之势结束了自己的一生
果敢，从容。这些词与死亡连在一起
多么美！它的美
足以和每一个黄昏相比
一瞬间，整座海都跟着它颤抖不已
甚至成为它消失的背景
可我，一个多次想自我了结的人
还没来得及流泪
还没来得及像它那样心碎
还没鼓起勇气死一次
就看到它身后，成千上万朵浪花
相互拥抱着
又一次在我面前
粉身碎骨

海边散步

一路上，没有风。你走在我左边
或是前面，但同样是疲惫不堪的中年
家庭，工作，病痛，死亡
我们所知道的生活毕竟太少
路灯像一只巨兽之眼
盯着黑暗中沉沦的一切
我们走到离海最近的礁石
潮水已经退去。而我们并没有坐到上面去
像两棵独立的树，站在沙滩上
被海上漫过来的雾气围住，不做闪躲
迎面，每一朵扑打过来的浪花
都带着夏日温热的悲伤
可天太黑了，我看不清你脸上的表情
你也没有看到我眼中的泪水
直到离开，才感到身后
风的力量远远超出我们之前的体验
面对庞大的夜，我只祈祷你能拥有好的睡眠

但空气里布满湿漉漉的无力感
像海水，来到我们脚下，简短地停留
却必定要返回到大海中去。

山　中

山中的树叶，短短几日
就改变了颜色
几颗褐色橡子在草丛里躺着
径自裂开。这无可阻止的
成熟的坠落，生命的消亡
你坐在树下凝视，沉默
胸中涌起无限感怀
可你不能说出夏天远去的悲伤
也不能说出接下来更艰难的时刻
泪水在无人时把一片燃烧的红叶打湿
那些风中打转的枯叶，总是
挣扎着，和你一起
承受，老去。

过渤海

告别在多数情况下等同于一种自我安慰
而远行，无异于另一种格式的逃避

燕子去了春天再来。但人生不具备这样的属性
并非所有的“再见”都会再次相见

语言何以表达心迹？那些在日常中饱受折磨的词语
就像窗外古老而绝望的海水
日夜不停背负来往的游客离开，或者归来。

诗歌的启示引领我返乡（随笔）

蓝格子

当海水在我面前平静或汹涌时，浪花的形象从一朵接着一朵，汇聚成一片，它不再是海水的附庸，而是成为浪花本身。灰蓝色的海水在遥远处延伸，海水中的岛屿以另一种孤立负重的姿态在我心里刻下诗的图像。海边沙滩，雪松一动不动地站在自己的位置上，仿佛面前止息或是涌起的风暴都不能扰乱它在季节轮转中保持安静。

沙滩联结着城市和其中的街道，另一面，是山峦。枝叶繁盛的夏天通常会带来愉悦，到了秋冬时节又显露出美人迟暮的感伤。林中的树木、草叶，与之相伴相生的果实和鸟雀是否会像人面对山间四时变化一样生出许多不同感怀？这是我们不得而知的。时间中的物态变化有时显而易见，以这样或那样的方式让人获得感知，有时却又缓慢而隐秘，不着痕迹，让人不易察觉。但经过时间的发酵，过去经历的人、事、物被记忆反复提纯后，和写作者产生共鸣而成为他诗歌中的具有情感标记的符号。

写作的几年中，诗歌无疑在许多孤独和困惑的时刻给了我足够的安慰，也让我有了新的审视自我与周身事物关系的视角。而在写作的初始阶段，又恰恰是我面临的地理、自然给了我原始的诗歌教导。即便它们有别于我出生、成长的地方，但山海的风貌给了我细腻的联想，即便后来我离开了写作之初的城市，松涛和海浪的声音依然会在很多个他乡的夜晚被我倾听，它联接着另外的时间和空间，构成了我诗歌写作的一个“原乡”。

莲花山，不再具体到某个省市的特定位置而成为一种在不同时段被提取了共鸣的符号。渤海湾的海水联结的也并非只有礁石、沙滩、海鸟和岛屿，更遥远的江河在另外的层次上找到了与之呼应的相似性。这种奇妙的，或是并不符合惯常逻辑的联想恰是来自诗歌的神秘力量。

我想，在词语和词语碰撞成句子，进入语序，成为诗歌的过程中，也是事物与写作者互为符号、互相认领的过程，叙事、抒情或者丰富的修辞不过是表达方式和方法的问题。于我而言，山林与海洋从记忆里的图景跃然纸上，是“鸟飞反兮故乡”式的原初导向。在写的过程中，甚至在写之前，诗歌的启示已经在引领我完成了一次返乡，这或许可以理解为一个写作者在进入写作状态及前序时态就在进行的自我身份的确认。

古希腊奥林匹斯山上的德尔斐神殿的石碑上刻着一句话:“认识你自己”，其后，这句话被苏格拉底当成自己的哲学原则。我想，诗歌给我们的启示也类似与此，它以或直接或隐秘或不可言尽的方式让我们在诗中认识自己。那些进入诗歌中的事物成为符号和意象，如同夜空里闪烁微光的星辰指引着我们应对琐碎日常以及其间更为深重的无常和命运。未来，我并不知道哪些符号会再次给我启示与指引，但它们中一定有一些正在遥远的某处等待着与我相认。

异乡人：或灵魂的向死而生（评论）

——关于蓝格子组诗《山海经》

贺颖

马尔克斯在《百年孤独》中说：寂寞是造化对群居者的诅咒，孤独才是寂寞的唯一出口。没错，寂寞之所以是诅咒，皆因为灵魂的不在场，肉身因此成为任由被诅咒的躯体。而孤独则相反，孤独是灵魂对世界自觉地疏离，是对诅咒的对抗。而于所有纯粹的诗人而言，孤独，是灵魂对性命的献祭。

如同宿命，诗人大多因孤独而成了世间的异乡人。这样的异乡人并非出于对故乡的背叛或被故乡抛弃，而是源于对自由的毕生追索。

于这一组《山海经》中不难读出，孤独亦是诗人精神力量的自我圆满，果然仿佛灵魂的向死而生。

山海红尘，天地人间，诗人舒展而来的经卷中，处处是对命运、生死这些终极命题的彻悟：

万物沉浸在自己的命运中
无法自拔。我们也只好低头
继续走。仿佛有一种
藏身在密林深处的孤寂
正等待我们去造访。
——《山林之诗》

静默的山林，山林中的万物，或真实或虚构的孤寂，那些无声的事物在诗人的脚下，此刻仿佛是一座指引自由的丰碑。诗人的脚步所追随的是灵魂的指引，但诗人也许并不知道，自己自由的灵魂将要去探究的孤寂本身，其实正是这世间的异乡。而那里，多么像诗人心心念念的来路。

的确没有什么比山的沉默更令人心安，诗人的莲花山，安放着诗人与莲花山等量的沉默。无数生死，在这样的沉默中迎来盛开与陨灭，神奇的是，这样的陨灭不是被时间摧毁，而是以沉默的力量摧毁了时间。正如卡夫卡说的“沉默与孤寂中包含了多少力量。而真正持久的力量，永远存在于忍耐之中”。这力量果然是持久的，诗人却无须忍耐什么，因为有时成熟本身就意味着巨大的力量，以至于足以令时间消亡：

这无可阻止的
成熟的坠落，生命的消亡
——《山中》

记忆的裂缝
再一次打开。一座山
在黑暗中压向你的眼睛。
——《莲花山》

生命与时间同时消亡？还有黑暗中灵魂所承受的持久力量。沉默的山，引领诗人灵魂自由的丰碑，一定还镌刻着关于命运的符码，诗人以淡静坚韧的艺术立场，于诗句中表达着自己对命运的笃定，温和而决绝，毫无疑虑。这是诗人对山的解构，对命运的解构，如里尔克所言：“艺术是一种生命见解，是关于终极目标的世界观。”

终极目标于此再恰切不过，万物，命运，中年，沉重与消亡，以及最后的腐烂：

人至中年。我不知道
该如何向你讲述此刻的人生
……
一座消瘦的山冈，几只干枯的松塔
和一些被踩在脚下的落叶
而对于这些，莲花山始终保持平静
你知道，一个人的命运
远不及一座山沉重。
——《莲花山》

像所有枯叶
草地上滚落的松塔一样
我已做好腐烂的准备
如今，山色空
我身披薄霜，迷失在腐烂的途中
——《莲花山》

几首名字完全相同的《莲花山》联袂而来，就仿佛命运连绵不绝的山脉。命运中充满纯真的暗示，也不可遮蔽地流露出彻底的清醒。关于灵魂与生命，关于盛开与凋敝，关于出发与结局，最重要的，关于生与死。

当然这样的清醒必定有赖于灵魂的觉醒，一切本原自混沌中分离，生命不再仅仅是血肉之躯，而成了灵魂的载体；消亡亦并非结局，而也许根本就是另一种出发。生与死，这人世间最大的命题，在诗人觉醒后的灵魂经纬中，呈现出智者的浅笑。而一个灵魂对世间的洞察，显然早已超过了诗句本身温和的初衷：

有时茂盛，有时败落
你知道，作为一座山的形象
它一直都在那里
结局早已呈现
珍惜，显得不值一提
——《莲花山》

不得不说这是灵魂深处的回响，一种源自自我性命的丰盈回响，生与死的交相辉映。就像出发与结局的彼此聆听。

而事实是，如果出发与结局彼此可以聆听，那么活着是否就成了铁定的向死而生。巨大的，静默的，彻底的，向死而生。是生对死的捕获，更是死对生的臣服。就如同诗人对生与死的无声直面，犹如灵魂充满自由力量之时，一种对精神的重置。

因为诗人，生与死的边界被刻意模糊了，死亡不再是消逝，或者干脆就是另一种再生，尽管鲁普斯特说“死亡治愈我们对不朽的渴望”。显然普鲁斯特对死亡是顺从的，以至于同时交出了不朽以及渴望。

它以迅雷之势结束了自己的一生
果敢，从容。这些词与死亡连在一起
多么美！
——《浪花之诗》

每一朵扑打过来的浪花
都带着夏日温热的悲伤
——《海边散步》

死亡就是如此，壮烈却难掩悲伤。诗人并不为自我设定任何姿态，前一秒是果敢，后一秒是悲伤，果敢不是盲目地无畏，悲伤同样并非意味着凄凉。恰恰如此，诗人从容地表现出一种美学意义上的文学抱负，死亡至此，弥散出一种势不可挡的哀荣：

那些相继赴死的浪花
从一片海域来到另一片海域
死亡的秘密，你一向闭口不谈
而我知道，你也曾
有过无数次犹疑的瞬间
——《再一次写到浪花》

诗人笔下此刻的死亡，显然已并非死亡本身，而是一个或更多的秘密。是一个人与自我的秘密，亦是一个人与另一个人的秘密。当然，更仿佛是灵魂与灵魂之间，共同目睹的某种命运的谢幕。

告别与远行，离开与归来，哪怕海水古老而绝望，也无法令世人获得些许慰藉。

这应该是灵魂对命运的绝地反击，甚至也像生对死轻描淡写地戏谑，而究其根本，无非是诗人向死而生的强大灵魂原动力的彰显，无非是以诗句对自我身份，于茫茫世间的恒久认定与救赎：

告别在多数情况下等同于一种自我安慰
而远行，无异于另一种格式的逃避

燕子去了春天再来。但人生不具备这样的属性
并非所有的“再见”都会再次相见

语言何以表达心迹？那些在日常中饱受折磨的词语
就像窗外古老而绝望的海水
日夜不停背负来往的游客离开，或者归来。
——《过渤海》

就如同最刻意的暗示，这些被海水背负往来的游客，多么像大海的异乡人。仿佛于山海中书写经卷的诗人，以及更多以性命灵魂书写诗句的诗人，多么像这红尘世间的异乡人。是荷尔德林口中毕生流浪的异乡人：谁看到你们这些诗人／以及那些尊奉神灵，向往美好事物的人／谁就会伤心／你们这些孤独的好人／生活在这个世界上，就像个异乡人……

在灵魂的孤独中度化肉身的寂寞，在死亡的终极处聆听生的复活，尘世喧嚷而山海静寂，被灵魂引领的异乡人，在万物所赐予的启示面前，奉行着诗的永恒策略。普泛的生与死，至此不再与诗人性命攸关，而成了对生活从容恣意地解构。孤独成就了灵魂，灵魂引领着这些向死而生的异乡人，践行着尘世最深处的诗歌意志，风尘仆仆，真挚而执拗。

贺颖，中国作家协会会员，中国文艺评论家协会会员，鲁迅文学院第21届高研班学员，大连艺术学院特聘教授，辽宁省作家协会签约评论家，诗人。曾获首届《十月》散文双年奖、第8届辽宁文学奖诗歌奖、首届纳兰性德诗歌奖等奖项。从事文学评论、散文、美学随笔、诗歌等多种体裁的文学创作。20世纪70年代生于辽宁，现居北京，供职于中国少数民族作家学会。

群芳

PPOETRY APPRECIATION

Pavilion of poetess

1	2	3	4
5	6	7	8
9	10	11	12
13	14	15	16

1 敬丹樱　2 徐丽萍　3 小　西　4 康　雪
5 徐　晓　6 冰　洁　7 周　簌　8 朴　耳
9 陈小虾　10 蒋　在　11 李咏梅　12 吕　达
13 余　真　14 袁碧蓉　15 周园园　16 袁嘉敏

白噪音（组诗）

敬丹樱

信封里的水仙

四月，巴掌大的门卫室
也生出春意，夹在一堆报刊里
那些信件
是更小的春天

牛皮信封仿若黄葛树的旧叶子
剪开封口，抽出面目模糊的报纸，对账单，电子发票……
把信封倾斜，在手心轻轻磕——

我曾倒出一朵水仙
兼有月光的皎白
婴孩的蒙昧。那种烂漫已经丢失了

好多年

白噪音

雨水从你头顶抖落
溅到我脸上。微微的凉意把我从木香花
编织的梦境唤醒那一刻
世界静极了
只有雨
只有你。我一直认为，你是被那阵急促的雨声
推到我眼前的，我一直记得

那个名叫五路口的公交站……

多年后读到一个术语：白噪音
——一种频率具有相同能量密度的随机噪声。
“大自然中海浪拍打岩石的声音
风吹过树叶的声音
枝头鸟儿轻轻吟唱的声音和雨滴落在屋檐的声音”
百度举例不全
编词条的人应该没有遇见
那样的清晨

——雨帘中，一个人奔跑后
频率略略急促的呼吸

一个人的岛屿

群居动物也会落单
一只帝企鹅摇摇摆摆，从电视的右上方
走向左下方
冰层融化的速度前所未有
看起来难以想象的
恰恰是不可避免的生活。谁也不清楚它的目的地
包括它自己
——笨拙的坚持让人心疼
那个傻瓜也是这样啊
分镜头里的一间铁皮屋，他推开泡面碗
埋头写代码到深夜……
作为最孤独的物种，太阳朝升夕落永不止歇
余晖落在海面，还能隐约呈蔷薇色
催眠自己多么必要
隔着电话道声晚安也感到幸福
——而大寂寞之美并不是我们能够领受的命运
更多时候我们自渡。试着在一个人的岛屿
用孤独
搭建两个人的辽阔

酸　枣

姨妈家门槛前
未来的表嫂对着竹篮里的酸枣蹲下来
剥开一个
吮吸透亮的果肉
她微微前倾，余晖描摹着一段白皙的脖颈
那种优雅，直至上初中
在莫泊桑《我的叔叔于勒》笔下
遇见吃牡蛎的女士
才找到与之媲美的参照
被耀眼的果实逼退，我默默绕开竹篮
姨妈家的酸枣树早已砍掉
那女孩也早已抛开我表嫂的身份
嫁作他人妇
摸摸腮畔，又甜又黏的汁液
顺着想象滑落。那是我生命中绕开的第一个篮子
如果时光回溯
——我会蹲在她身边
剥开一枚酸枣，像那样微微前倾
在夕光里
露出一段脖颈

甜蜜的负担

挤上地铁
猫在角落打盹儿。迷糊中
感觉身体慢慢放空，先是肩上的购物袋
一个，两个。再是挎包
滑过手臂，手肘，手腕，直至负累
完全卸下

女儿小心翼翼的样子
就像在排雷。她扳过我的头放在自己窄窄的肩膀
把几绺散落的头发抿回耳廓

拍着我的背……

眼眶里蓄满雾气
我揽住她。总有一天，她会像刚出生时那样
把自己从我身上完全卸下

而骆驼何曾
生出过，卸下驼峰的念头

青　苔

那雨滴像极了谁
忧伤的脚趾，吧嗒吧嗒一路小跑

顺着小青瓦
顺着油纸伞
顺着牵牛花蓝色的屋檐

落下来。

每一滴，都带着细细的哭腔
吧嗒吧嗒，吧嗒吧嗒，吧嗒吧嗒
直到雨
落进了青苔——

雨啊，就该落进青苔
仿佛那忧伤，凭空消失了一样

雪人不会变成灰色

从千里之外捎进凉亭
话还热乎着。她蜷进黄昏的竹椅
听他讲前天昨天今天
跟他讲今天昨天前天

具体到某一句
已经想不起内容，只感觉听进去的每一句
都暖烘烘的
还苛求什么
她趋光，他就做萤火虫
后来他问花事，是否已开到荼蘼
她望向凉亭外
明明是女贞啊。叶子托起细碎的雪，有香气的雪
——那些天真的雪
还没学会哭泣
堆成雪人，不会变成灰色的吧
她替它们担忧
又为它们高兴

一朵豌豆花

他在春天的词典里反复修订
丁丁猫。小不点儿……
在他的定义下，她越来越小，住进月光下的豆荚

他采撷。种在心上。
她扎根。发芽。触须柔软。笑起来略带羞涩。
丁丁猫。小不点儿。他声音很轻。
他递出白色的翅膀。
他看着天使在风里飞。

——但不飞走。

敬丹樱，四川人。参加诗刊社第35届“青春诗会”，获第17届华文青年诗人奖、2019年度陈子昂诗歌奖青年诗人奖，出版诗集《槐树开始下雪》。现居成都。

像音符一样流逝（组诗）

徐丽萍

空　旷

谁愿倾心厮守一座爱情的空城
在尘烟弥漫的废墟上
痛心疾首地捡拾爱情的残片
再没有什么比受伤的灵魂更空旷
空旷是一头受惊的猛兽
它像风一样轻　像呼吸一样如影随形
潜入我眼睛的海　内心的海
潜入我星星的花圃　月亮的花圃
有一种力量紧紧地抓住了我的灵魂
我着了魔似的向着这无边的空旷飞奔
有一种伤痛深深地潜伏在内心无法预测的深度
谁像我一样空　一朵空山绝谷的幽兰
一朵悬浮于水面　西洲的红莲
在尘烟弥漫的废墟上
谁愿倾心厮守一座爱情的空城

回　应

我停止了一切　对于爱情的回应
那些风声已与我无关　我的血管已成了空空的麦管
听不到春天流淌到秋天　那些细微的声响
一路走去　许多迷惑将我们推向虚妄
那些在羽毛里栖息的天空　跌落在何方了
我的向阳草坡上　羊群们唱着潮润的歌

你的山盟海誓与谎言　像嘹亮的鞭响
抽打着内心最浓重的想象
这些周而复始的错误　被埋进深渊
抛向一个义无反顾的绝望
我停止了一切　对于爱情的回应
但不能停止在风中的歌唱

曾经的爱情

我是怎么了　心猿意马地想起了曾经的爱情
那些跌落在我眼睛里的羊群
以及用柳笛吹破春天的孩子
他们像风一样经过了我的往昔
布谷鸟用它所熟知的暗语　放声歌咏
蜂蝶这些灵动的饰物　装扮在花朵的枝头
可这一切　都在记忆深处向我敞开所有的明亮
也许　我是中了女巫的魔咒　着了魔似的
向倒转的时光飞奔　不分昼夜　不知疲倦
我追的到底是什么呢　是你我眼底闪烁的繁星
还是那些能够照耀彼此的温情　它追着我
让那些绝望簇拥着黯淡的黑夜
我是怎么了呢　让那些曾经的爱情又重重地
折磨了一下我痛不欲生的想象

凌晨三点的安娜

凌晨三点的安娜　像一只受伤的水鸟
把脸埋在松软的翼下　失恋用它闪电的形式
掀起了整个黑夜的暴动　安娜在哭
这颤动的肩　勾勒出所有记忆的弧线
她蓬头垢面坐在墙角　与自己背离得天衣无缝
那些灯红酒绿的杯盏里装满了仇恨的毒酒
像换一杯水一样轻松　安娜用它置换了自己的血液
整个夜　被抽空了骨骼　粉碎了它的柔韧

失恋使人脱胎换骨　变成另一种模样
梳妆台前的安娜　曾把秀外慧中的优雅
渲染到最高亮点　这些残存的美
花瓣一样片片飘落　拒绝别人的怜香惜玉
一个假象中的女子自缢于一棵爱情的树上
凌晨三点的安娜　没有这种勇气

带我走吧

带我走吧　随便到哪儿
只要别把鸽子笼似的矮房子抛向荒野
别把木栅栏的门　推向黑夜
萤火虫提着灯笼　是露水的折射
我们藏身的地方　在青草枯黄的时候走向坟墓
我已经闻到死亡的气息了　神秘面纱下的狰狞与恐慌
忽然　有马的嘶鸣闯进这荆棘丛生的院落
带我走吧　劫匪　歹徒或酒气熏天的醉鬼
只要乘你的马　奔向日出时红艳艳的门
打开它　又是另一重天了　它的色彩每一刻都变幻莫测
能覆盖生　掩埋死　滋养万劫不复的爱情
那些鸟鸣　筑成一艘艘的船
海洋里千帆相竞的色彩在变
带我走吧　随便到哪儿

占卜命运

整个晚上　我像个失魂落魄的女巫
在空荡荡的房子里　用各种有灵性的物品
为那像谜一样的爱情　做最绝望的占卜
夜　什么时候落入空旷的窗棂
像一块深蓝的图画　月亮用轻纱遮面
只露出它玫瑰花瓣般的神韵
用星星做占卜是最不明智的选择
我的心都坠落一百次　摔碎一千次了

却没有一颗流星　从天边划落
风依旧缓缓地吹　什么花的香味淡远而悠扬
像无声流动的乐曲　飘浮着一些伤心的影子
这些贴满墙壁充斥着整个空间的幻境
像音符一样流逝　怎么也抓不住
整个夜晚　我像是失去了魔法的女巫
在咒语和现实里　痛苦地奔波往返

占卜爱情

真的　我再也不想占卜爱情了
再也不想用迷信的方式来欺骗自己的感觉了
在一枚硬币的正反两面　辗转奔波
企图从中悟出上帝的旨意　鬼神的暗示
没有人能诠释用象形文字描画的情诗
没有人能破译遗传基因中神秘的编码
虚无飘渺的事物　总难尘埃落定
占卜星象的人　从身旁飘过
占卜五行的人　从身旁飘过
我只想占卜爱情　以及它带给我的变化
等待是一种奢望　也是徒劳
一切都到了需要占卜的时候
一切都显得那么绝望
真的　我希望这小小的占卜
能把我带离现实的恐慌

在你到来之前

我必须抽出身体里最后的一根骨骼
点燃它　来度过这迅速蔓延的寒冷
在你到来之前　我不能让血管里的血
冻结成厚厚的冰碴
我不能丢失掉那些马匹
它们从脖颈上抽出柔软的风

马蹄声近　马蹄声远
这些烙在深谷里的足印
足以占卜那些坠落并变化多端的星象
占卜爱情的悬疑
我必须抽出瞳孔中的白昼与黑夜
把它们晾晒在高地
在你必经的路旁　哪怕四野荒凉
在你到来之前　我一次次将心敲成碎片
悬挂成近旁的河流　做你暗夜的灯盏

我该用什么来忠于爱情

我该用什么来忠于爱情
用呼吸着白天与夜晚的致命的氧气
吻着我窗棂的牵牛花的藤蔓
统统交给你　青春岁月的残荷
与藕断丝连的记忆　还有骨头里的歌唱
血管里的色彩的回响　撕开誓言里的虚妄
抖露那深埋在命里的怨　羞于启齿的爱恋
把用紫罗兰　荆棘　玫瑰围成的花园
和木栅栏拴着的马儿　以及它眼睛里的星子
统统交给你　还有破败的小屋里衣衫褴褛的女子
以及她裙角的补丁　和补丁旁细密的针脚
除了这些　还能用什么来给你　我的真心

徐丽萍，祖籍江苏。中国作家协会会员、第八师石河子市作家协会副主席。在《诗刊》《星星》《绿风》《诗潮》《诗林》《西部》等刊物发表过诗歌、散文千余篇，并有作品获奖。新疆兵团签约作家，2011 年进入“新疆新生代作家榜”。已出版诗集《目光的海岸》《吹落在时光里的麦穗》，出版散文集《升腾与绽放》《雕琢心灵》。诗集《荆棘与花冠》出版中。现为《绿风》诗刊副主编。

细节令人着迷（组诗）

小西

银杏树下所思

一棵发怒的银杏树
思想滚烫，每片叶子闪耀着
出众的光芒
我从树下经过
想起哈姆雷特曾说过：
他利用戏剧设下的陷阱
来捕捉国王的意识

坐在落叶上
我琢磨着“陷阱”一词
似乎并不懊悔这些年
语言所设下的陷阱——
大多数时候，我在黑夜里捕捉
一只萤火虫的光，最终不得不
把它交还给黑夜

亲爱的土豆

坐在土豆中间
想起基大利说
如果你的敌人倒下
不要欢喜，但也不要帮他起来

亲爱的土豆不会这样想

越是在黑暗中，它们越是
抱得更紧

当暮野四合，汽车来了
亲爱的土豆，我们终将分离
虽然这一切与自由无关
仍愿这短暂的一生
我们都能从“亲爱的”开始
并以“亲爱的”结束。

一　天

她烤面包
整座房子盛满了奶香

她读亚当·扎加耶夫斯基的诗
从那些句子里
得到了第一两黄金

暮晚推窗，黛瓦上
落着一群白鸽
两只亲吻，三只梳理羽毛
五只站在瓦楞上小憩

这是十个雪白的词
因为美妙
阴郁的天空，突然有了光芒

细节令人着迷

我们转动门把手
而门把手也在转动我们
所打开的世界不是新鲜的
但确实又和前一刻不同

一些微妙的差别，才令人着迷。

比如香气充满兰花的身体
在木窗的镂空中飘来隐约的一缕
恰好落在杯沿之上。
比如冬日寂寥，一头笨拙的熊
突然从雪堆里爬出来
你以为惊喜不过如此
但紧接着，爬出一头更小的熊

没有一场雪落下来

也没有雨。
三四个丑橘，坐在窗台上
月光并不能填满它们浑身的缺陷

到了半夜
仍听到楼下流水和鱼
翻身的声音
其实，池里的水早就没了
更遑论有鱼。

悬在对面墙上的那把剑
十余载，从未在黑夜里出过鞘
我没有动它的企图
它也没有动我的意思

我们要热爱雨水

夜里，一些坚硬的事物在瓦解。
从雷声里
我能分辨出一棵树在抽泣
似乎所有的问题都集中到叶片上
椭圆的，或是狭长的

它们正置身于一场暴雨中
我们也是。
只要打开窗，伸出手
就能摘下一片颤抖的自己。

白　露

大雪侵入了内心
远不如薄霜那么简单

我们可以取走海体内的盐
却不能用刀剑，将其分开

秋风一过
栾树似有无穷的落花
台阶一层层染上鹅黄
……

身陷平庸的事物之中
这应是最神秘的——
冥想时，阳光轰然坠地
黑暗吞噬了它一部分
另一部分，被草叶上的露水所救

积　雪

把嘈杂的积雪铲走
天真的积雪铲走
用大一点的铁锹，来更多的人
把不知所措的积雪铲走
沮丧的积雪铲走。

好大的一堆雪啊
汗水和眼泪掉进去，消失了

一只麻雀死在里面，也只露出绝望的头顶
有时，我们需要一场形式上的悲剧
所有的黑铁锹肃立在侧
大货车轰鸣着将它运走

林中无鸟鸣

林中有乐于听鸟鸣的人
但鸟不鸣
这让人失望

手上有把好琴
寻不到同等音质的瑟
失望又加一层

欲执笔涂画，水墨早就厌倦纸的软弱。
唯松木之火
呼呼舔着煮茶的壶
水沸壶响
也是空有一腔奔赴江湖的勇气

小西，山东青岛人。曾获中国红高粱诗歌奖、诗探索·中国新诗发现奖等。参加过《人民文学》第四届“新浪潮”诗会。著有诗集《蓝色的盐》《风不止》。

可以触摸的月亮（组诗）

康雪

候　鸟

数不清的，一群一群地
在数千米高的夜空中，像被上帝
挪动的火焰。
二十九年来，第一次遇见
候鸟迁徙
最开始是无数脱了壳的星辰
从头顶消失
后来才是一群鸟
一群要去温暖之地过冬的鸟
也是一群

一生只与我见一次的鸟。
在后来漫长的仰望中，我确认——
它们中的一只，也透过这茫茫夜色
看见了我。

闭上眼睛

至少有一颗露珠
在自己身上，听到汩汩流淌的水声。
想起黑塞也曾聆听
“血液的簌簌低语。”
我蹲下来，也如此渴望
在草叶上摊开身体

天地的辽阔性
仅仅在于如何摆放
自我的位置？
狭窄的自我，迫切需要放弃
多彩的感官。
我悬浮在纯净的黑暗中
像试飞的鸢，在高空完全挣脱自己时
突然意识到
静止才是极致的飞行。

布谷，布谷

尝试去了解梦境般的东西
比如一种鸟类
它的声音让清晨具有
多层次的寂静。
我的耳朵
也尝试过真正靠近这个声音
主动理解与完成它的轮廓
甚至去触摸
我这一生并没有机会抚摸
却仍要想象的
柔顺而温热的羽毛。
这是听以外的能力，当一双耳朵
放弃我而在世上独自追逐。

但愿在今天
你得到的爱比你渴望得到的
还要多一点。

天蒙蒙亮

有什么正从屋顶撤退。
它毛茸茸的呼吸

与瓦片摩擦的声音惊醒了你
一种崭新的宁静到来
你听到鸟叫。
鸟。一片立体的树叶——
它在遥远的枝条上叫你
像叫一个
站在黑夜末端的同类。
你不知道如何回应
是带着满腔天真，还是世故？
推开窗户时
你只是想再次确认
它是否真叫出了你的名字。

被完全照亮的人

每天都要走过的一段台阶
在今天才发现
它恰好通往落日。
寻常的落日，你说不出
和昨天有何不同
但不应该错过。
几片树叶替你托举着它
在正前方，等你结束一天的工作
等你站上最后的台阶
那么多温柔而准确的光线
在你身上突破新的底层——
多么艰苦卓绝，你第一次
主动献出自己的阴影。

玉　兰

一定有什么在白天更需要被照亮
行走在太阳底下
我的影子，总递给我一些

烫手的黑暗。
一定有什么
需要太阳之外的光芒
这光芒洁白、冷静，从每一根树枝的
顶端，照到我的深渊

这些昆虫、飞鸟的灯盏
这些可以触摸的月亮——

我的女儿第一次来到人间，她需要
一棵玉兰
开花，并把其中一朵
落到她的脚边。

似是归途

天突然暗下来，多了一点
清冷的意味。
抬头看到很多鸟雀
从两个方向扎进同一棵树中
那是一棵很大的香樟
叶羽已经更换完毕
它在原地起飞过很多次
有些飞翔只在心中完成。
你想到这里时
已走到了它的前面。
但成串的鸟叫声又抓住了你
很想知道
把家安在那么高的地方
是什么样的感觉？
空气中突然充满晚餐的香味
也许，正是从红色房子三楼
飘出来
这些气味径直找到你
告诉你，那就是你的家

对面住着的
就是那群刚被你羡慕的鸟雀。

水 牛

它吃草的样子，真是温柔。
它的尾巴
甩在圆圆的肚子上，也是温柔

它突然侧过头看我，犄角像两枚熄灭的
月亮，但它的眼睛
黑漆漆的，又像蓄满了水。

我们短暂地对视，再低头时
它脖子上的铃铛发出
轻微的响声

我们就这样交换了喜悦，我们将
在同一个秋天成为母亲。

康雪，1990年冬天生，湖南新化人，现居益阳。参加诗刊社第34届“青春诗会”，著有诗集《回到一朵苹果花上》。

所　爱（组诗）

徐晓

三月与月亮

我多想，回到那时候
一切仿佛可以重新来过
那个北方的三月
小广场上的音乐欢乐地响起
不会因为有人拿错命运的剧本
而停止它初春的涌动
我多想，在怀念中祭奠
后来被我因无知而踩踏的格桑花们
幼小的身体
我多想，再一次在湖面
抚摸大片水杉树与我深情凝望的倒影

那个久远的歌声萦绕的夜晚
我被什么东西冲昏了头
至今我也不曾知晓
当我走过文化东路，走过大妈们
跳广场舞的小广场
当我再次走进我年轻的二十三岁
我还是会误把头顶上突然出现的月亮
当作为我绽放的焰火
那时候我的心空空如也
关于爱情的想象，全部源于月亮
而你途经我，我的心已恭候多时
一连多年，我再也没能走出
那片月光汹涌的夜空

忆　起

分别多日，回忆一次次穿肠而过
我总是无端地想起你
想起那些迷人的夜色，风很慢
风轻轻地吹过我们的头顶
仿若虚空的爱

雨后的街道人烟稀少
水滴在叶片上滚过
梧桐，合欢，金银木
花丛中的一群小蜜蜂和几只花蝴蝶
把我从金色的时光中唤醒

微雨轻抚脸颊，草虫低吟
我想起你衣袖上温暖的气息
唇边浅浅的笑意
曾将我严密包裹——

我感到体内有一场风暴在酝酿
在最幽寂的角落，我的颤栗
忧伤、恐惧和泪水，即将涌出——
飒飒风起，细雨如丝
这一生，我所能攥紧的
也只剩下这轻飘飘的雨声

所　爱

在黄叶与风声
一起涌进阳台的罅隙中，我爱你
在大雪封山望不见
归人的深夜里，我爱你
在一片茶叶浮起
又落到杯底的漫长旅程中，我爱你
在众人欢声笑语

有人悄然离去的瞬间，我爱你
在光阴之河终于把你
冲刷到河对岸之时，我无声
而遥远地爱你

从今往后，我所见之人
都像你，而唯独不是你
从今往后，我只爱苍天和大地
苍天和大地上的一切生灵，我都爱
我所爱的，总有一个是你

一个深秋的傍晚

我背着一书包中药，独自穿行在
下午五点半的车流和人群中
几分钟前，我的书包还是空的
现在，它装着大约七斤滚烫的液体
它们刚刚从某个医院的某个煎药房里
被一个瘦弱的小伙子熬制出来
并亲手递到我手上

我就像背着一个小火炉，全身如暖流流过
在这个深秋的黄昏，我疾步走着
这股暖流便一下一下地拍打着我的腰背
使我从大街上，一下子回到了
小时候，外面天寒地冻
而我和我的亲人们，躺在温暖的炕头上
霓虹灯闪闪烁烁，人群蚂蚁般地游进黑夜
每一个擦肩而过的身影，都是我的乡邻

当我穿过三个十字路口，它们已不再滚烫
而是变得温热，在我的背上晃荡出
轻微的声响，我已预感到那深褐色的
液体，苦涩而难以下咽，但它们终将
会流进我的胃、血液和肺腑

成为我身体的一部分

寒风无情地吹刮着我的脸，一股草药的芳香
从书包里飘出来，我想到那些
大地上长出来的植物，有的来自草原
有的来自深山老林，它们也曾拥有春天
被上天眷顾，在某个明媚的午后
开出了一生中唯一的花朵

我走在稀粥一样的夜色中
路边高楼上的灯逐渐亮了起来
下班的人们即将走进家门
我的双肩越发沉重，像背负着
某种使命，脚步却越发轻盈
像踩在云彩上，无所顾忌地飞翔

青青子衿

记忆中的那抹灯火是从窗帘的缝隙照进来的
大地沉寂，又是一个不能回头的夜晚——

我再次用心中的流水扑灭了火焰
而你在我脑海里的存在，是意念掐不死的火种

我在白纸上写下：青青子衿，悠悠我心
古人的智慧一语道破我守口如瓶的秘密

手边空空的杯子，不再渴望用酒
来装满它，就这么空着

像我，倒尽了心里的一切，已经别无所有
除了这虚弱无力的想念，我别无所有

一日不见，如三月兮
我想问问古人，三月不见，此生复见乎？

但我没有。我把白纸翻过来
就着灯火，写下你的名字

循　环

想起那年曾徒步穿过的百年老校
山脉屹立其中。暮色在恰如其分
的时刻，将所有人悉数围拢
全然陌生而新异的气息重塑了
一个崭新的感官世界。那时
我莫名地感叹，孤独将是我们
共同收藏的隐秘。不是在这里，就是在那里
不是我，就是你。不是这般，就是那般
永远无法交融，却息息相关
你说这一生悲剧的底色，早已在
无声无息中被绘好。那些不安、动荡
和危险的分子。无限的循环
这以汉字构筑而成的世界
这一场势必遇险的征程
我们不再羞于袒露命途里残破的那部分

徐晓，1992 年生，山东高密人。现为首都师范大学文学院博士研究生。著有长篇小说《爱上你几乎就幸福了》《请你抱紧我》，诗集《幽居志》等。参加诗刊社第 35 届“青春诗会”。曾获第 2 届人民文学诗歌奖、第 16 届华文青年诗人奖等。

弦里弦外（组诗）

冰洁

白桦林中的夜晚

月光是大地的琴师
木质与流水的键，被一一
按下，有氤氲之息
有花草，翻过夜的界碑

按下一座城与又一座城
奔涌而来灼人的燥热
按下，与自己相左的影子
按下白桦林，那万千
逼视人间这凌乱不堪的目光

我急于取出，身体里的
戾气，我急于放逐
一些搬不动的泥沙，夜微酣

驯鹿的唇，热烈而又凄迷
恍惚间，我捉住了神的衣角

弦里弦外

琴弓左右滑动
一条河穿过木质的身体
裹挟着漩涡、沙砾
以及，芦苇半青半黄的影子

天空淡灰，云朵压低枝头
几声鸟鸣在琴弦之外
岸滩，满是倾倒出的雨声

由近及远，一根弦被打湿
直至四根弦皆被打湿，那滴落的呜咽，仿佛是叶片
抽出了秋的筋骨，仿佛是
花朵化为春泥

用旧的和弦，在暮色中奔突
高音过去了，低音迂回曲折
不断的重复中，一把瘦骨
已打磨成弦，已交给落日之弓

云　歌

不必用过多的形容词
粉饰你的深情守候
因为你，从不曾远离半步
总是在左、在右，从不曾
有片刻枯萎，凋落

在风的轻吻中，生命的音符
跌宕起伏，阴晴难测
在海的狂啸中，踏浪而行
且采撷潮起潮落的梵音
在雄壮的草原上
蹄急如风，纵横驰骋

假使你，偶尔缔造
闪电与雷霆
也终将相信　定是为了
那摁不住的相思雨
涕泪横流
假使你，网织了

一段狰狞的黑暗
我仍然相信你的左手
会为我 捧出大把的星辰

抽　离

徘徊了一冬的脚步，在岁月遥望中卷起行囊悄然远去
是谁仿佛是一个弃婴，置身于荒芜的旷野
心中徒升一种陌生的凉，从遥远的山谷向我推近、推近

是谁捂不住大地的那阵痉挛
只能在记忆里打捞
你那高于河流
高于山峦
甚至高于寒风的白
你让那些痛楚的白
覆盖自己，也覆盖我的每一寸回眸

黑夜刚降临大地，我将到达
那盏灯戛然而止

这个夜晚

我想写一首关于爱情的诗
我与你的。如这夜流淌出的静
不搬动月光是不可能的
这个历朝宠旧的名词
被西窗斜弯成
一张弓，挂在婆娑树影里

写到枝头两片叶子，从对望的
目光中开始掏出火焰
写一朵桃花被春风一寸寸点燃
写玉笛曾倒出长亭与短亭的寂色

写夜雨，也曾打湿日子的碎片
写霓虹抱紧两个异乡的身影
写两块石头，被河水不停翻动

写到霜白鬓染，写到荷锄南山
你仍为我操琴，烹茶
仍为我掖被角，烤鞋垫，削水果
一粒饱满的种子，总在无声处
胚胎，发芽，开花

目送黄昏

一块石头裸露在冰面
落日斜射过来
一只鸟，单足而立
轻啄羽毛的影子
查干湖的冰层，有了
微微的响动

远山，被风推得更远
镜头却不得不渐次拉近
我，紧贴着镜头，身后的
堤岸也在向我，贴近

那片芦苇，快速地漫过我
夕阳下，又缩短了焦距

四月的草原

四月的草原，倒伏着
枯蒿与野草的芒刺
一座座沙丘，筋骨凸显

坡上的石头，都在集体打坐

它们，仿佛屏蔽了万千繁华
也屏蔽了，身体里另一个
奔突的蚂蚁

流云，洁白如纸，让分行的风
突然有了更高远的梦
天空，纯净如水
已触摸不到，余冬的胎记

总会有，先于春天而来
的花开，一声声
咩咩的呼唤，是母亲把
新的牧鞭，又交给了草原

冰洁，原名王金荣。作品散见于《诗潮》《辽河》《诗林》《校园文学》《鸭绿江》《诗歌月刊》《骏马》《流派》等刊物。有作品入选《内蒙古女子诗歌双年选》《中国青年作家诗文三百家》。《西南当代作家》杂志主编。

夏至未至（组诗）

周簌

云朵的信

郊外如此宁静
一蓬野蔷薇静坐荒野，用隐秘的语言
朗读“不向东山久，蔷薇几度花”
荆棘呈螺旋状繁茂生长

苍鹭从远处起飞，经过塔楼
翻新过的犁沟，以及模糊地平线上的
一个扎着蓝色头巾的稻草人
山蕨缄默的绿，雀子的婉转欢啼
使这个晌午，泛着心灵微微疼痛

云朵的信在乡村屋顶缓缓
游荡，从生锈的铁栅栏里
递了过来

向晚十六行

篱落下逐渐暗淡的村庄，自解缆绳
在茂盛植被的簇拥中浮沉
女人的汗味，原野上油菜花的体香
混合成一小片春夜的荡漾

一只柴狗凝望着黑暗，止不住嗷叫
近乎泣涕。直到夜幕厚重

几只暮鸟，还在寂静地盘旋
它们的巢窠，幽闭于一盏灯火

仿佛时光停驻，窄门里的母亲潸然泪下
我伏在清凉的石墩上，已睡醒一觉
梦境里的雷声与花绽，慌张地退到
四野阔大的夜色中

而我剥离我的影子，屏息，深情一瞥
窃取天空里每一个空无的掠影
如一个夜行的归人摇荡在小道上
蓦然抬头，望见闪烁的星辰

风吃着旷野

要用一块被赋形的冷蓝
补贴我精神的漏洞，在此之前
一切操作都是练习
一切目及之物都是幻象

幽灵练习穿墙而过，大鸟练习飞翔
植物练习垂爱大地
月亮练习用满身碎银打造一件器物
万物归寂，我们只有一把语言的梯子

升向漫长的奇迹。从未停止艰难的攀爬
“苹果砸进词语的深渊”，惟有更深地陷落
语言的梯子才能随意志上升
风吃着旷野，泥土的骨灰落进云层

春日行

到处都是蓬松的金黄。凝望着
大地纵深错落的斑斓色块

衔接成一幅巨大的拼图
金色的空气，有化不开的黏稠的甜
那些飞舞的小东西，贴着花蕊嘤嗡

悬钩子的嫩芽从密林里探出
像心怀绝望的人，又活了过来
而鸟窝，安在了一棵开紫花的泡桐树上
穿行在繁花深处，我放弃抵抗

草苔幽绿，在我胸间清脆地鸣响
微风摇碎了花影，漂移着火焰
春日的穹顶之下，我缓慢地走
再缓慢一些。生怕一回头
这条繁花小径，会被远山猛地抽回

夏至未至

还有几枝晚桃花，在南山的鬓角开放
野蔷薇缠盘弯曲成一个圆拱
一只白蝴蝶翩翩而出，在野花
与野花之间，完成波浪形路径的采购

散发着情迷腋臭的女贞
打开了欲望奔泻的闸口
椴树上的蝉鸣，刚刚撕开了一个小角

野蔷薇，女贞
白蝴蝶，蝉鸣……
它们将缝补一件夏天的花褂子

雷雨天气

仓促的雨点踩着雷声的高压线，瓢盆倾倒
一群麻雀惊恐地飞过树梢。我的母亲还在

白色薄膜的菌菇棚里，摘蘑菇
她流汗的声音在电话里说，十块钱一个小时……
像磨损的闪电的边缘
一阵嘈杂的雷雨声，又骤然响起
她电话里喊一句，闪电就在天边亮一下

镜　湖

隔着一面湖水的镜子
天上一盘银月，从黑云里探出半个头来
她靠着窗口久久睥睨

曾经狂热的枝条，也陷入沉静的回忆
银月渐渐推开半帘厚纱般的云层
站立面前，她在空寂的房间里走动
拖动着黑夜的幕布
巨大的慵倦，使这个夜晚进入肃静的秩序

淡淡月色包裹着她，如山枯水瘦一败笔
蛐蛐在草丛里跳跃
清凉的唧唧声，像玻璃弹珠散落四处

在流坑

喜鹊跳跃着，向一只乌鸫问安
黄狗趴在古巷中间
静谧地享受春阳的烘照
我们经过它，没有受到丝毫干扰
从一条也叫乌江的河边上岸

凉意，沁入古樟老朽的
身子里去了，斑驳日影一头扎进
蕨草的罅隙
在水洗过一样的天空下

摸着寂寞得发光的窗框
毛玻璃映出鸟影，马的嘶鸣
滑过拴马桩上的凿孔与壁藓

大公祠废墟上的毛茛，开得像
董府养在深闺里的小姐

江边记

江水里闪烁的火舌，忽明忽灭
我看见鸟群（或是蝙蝠？）
从树冠抛物线一样沉闷地掷出
在江心的微澜上，它们寻找破渔网与断桨
我们沿着江边，有一句没一句地交谈着
分拣着生活中，导致我们不快的风波与碎浪
如把榕树的交缠下垂的触须一一分开

当我们谈到某个话题时，声音突然停顿
似有一种江水的呜呜声，从耳底涌出
捕捞着沉寂，以隐瞒彼此的念头
转而我们悲伤，并领略着无声的悲伤

周簌，中国诗歌学会会员。有诗作见《诗刊》《诗探索》《诗潮》《星星》《解放军文艺》《草堂》《扬子江》《中国诗歌》《作品》《作家》等，入选多个年度选本。获第8届中国红高粱诗歌奖，出版诗集《攀爬的光》。现居江西赣州。

时光剧（组诗）

朴耳

我们的船即将穿越海峡

行至海峡细长的瓶颈处
沿途，皆是墨蓝的创伤
一艘船静静地漂远
像海的另一只耳朵，失去听觉
我们挥手，打出耳蜗中极速旋转的信号
那艘船停在海平线上
我们看见海豚和散落的岛屿
原来海的影子浮在水面上
比它自身小那么多

于是得到安慰：
我们还可以湛蓝
可以腾空
可以不用收缩影子

蝉鸣两种

初夏的蝉鸣忽地就起了。不能一一
回答，这来自树梢间的质询
高处的蝉鸣像一把锐利的冰斧
持续锤击我的后背
我面向它，却接不住

另一种蝉鸣有着令人困惑的延宕

既灵动又迟缓，它来自我自身
闭上眼的时候它叫，一睁眼它就噤了声
此时，我的背部显现出一种
更深的陡峭和更大的决心——
等待被击穿

最后的火焰

露营那天，我坐在水边
看夕光一点点消散
鸟儿归巢，草丛里有声音
萤火虫点亮了尾部
一盏一盏小灯有节奏地亮起
像晚安曲安宁的尾声
我忽然想起奶奶离世那天
水边也出现过这样一支
小小的送葬队伍
举着比她这一世见过的还多的火把
送她走过最黑的那座桥

我竟有些羡慕——
并非所有人，在最后的时刻
都能见到火焰

火花与冠冕

清晨，一头麋鹿在空旷的沼泽水域踱步
蹄印呈现不规则的圆
一圈比一圈大
它高昂着头，绒面的鹿角
像一顶贵重的皇冠
悬蹄踏过水藻，发出脆响
仿佛身后跟着看不见的仪仗与仆从
当海上第一缕阳光打过来

它形而上的角瞬间点燃

我也想回到鹿群
在无人处踱步
头戴加冕的火花

牧羊人

总是要等到冬天的末尾
才下一场雪
总是得拐过最后一个弯
才能看见平坦的草场

尽管无法预见冰点到来的时刻
我们还是发现了规律：
雪越大越静，以及雪片
只在午夜发光

有人在雪地丢下一枚松塔
在阳光抵达树冠之前
信众，以羊群的面目
出现

在夜空寻找鸟

听温热的风盘旋上升
听树林哗哗作响
听叶面的纹路投影到天河
在夜晚，星不移
鸟儿不飞
只有风一直吹
飞，便不再有隐喻

那么，是鸟的翅膀按住星群

还是星群压住鸟？
一想到这，我的肩胛骨
突有一阵隐隐的酸痛

时光剧

清晨，开车途经十二座天桥
十二孔桥洞的阴影里
藏着昨晚的旧梦
与银河。我的车挂满
镶金边的露珠，以加速度逼近

时间的真相。而我
每经过一孔，都似乎进入了
昨日的空房间，事情
还有更改的可能

翠鸟是快的，东风是慢的
落樱是快的，流水是慢的
飞絮是快的，云头雨
是慢的。唯有慢
支配着快的抵达

日落时分，我再次穿过
十二道阴影。每穿过一道
太阳就西沉一点
这人世的幕布
就下垂一分

海棠拳

躯干细直，花朵连成蓬松山丘
海棠的分歧，从根部已现端倪——
斜出的分枝制造了更多

粉色的缓坡，更多灼热与柔和
它是那么妥当无争又饱含委屈
我理解海棠发自肺腑的缠斗
它的骨和肉，持续推翻它深埋根部的心脏
正如这一秒的我正在推翻上一秒的我
上一秒的我
接连从山坡上滚下来

莺鸟之死

大雪将至，天空低矮静默
一只莺鸟于寒潮中死去
僵硬的身体，成为自己的墓碑
昨夜的小小颤抖
没能帮它抵御死亡
雪落下来，世界又将变成一个新的了
一只莺鸟在社会学范畴中死去
莺鸟家族的生物学意义日臻完善
雪中的胡桃楸也在等待一个结果
被折断或是冬眠于根部

我离开背阴的山坡
不再掩饰
延续昨夜的颤抖

朴耳，祖籍江苏，现居北京。作品发表于《人民文学》《诗刊》等。

目光所及的地方（组诗）

■陈小虾

疑　问

下雨了，鸟儿
为何还要飞翔？
是否某些地方
只有穿过雨才能达到

就像，一定要经过
一条满是泥坑的小路
被芒草割伤
经过一个黑屋子
一条凶狠的猎狗总在某处对我狂吼
只有这样
才能遇见你

当然，有时你在
有时也不知去了哪里

堆雪人

一切都静下来了，回到生命之初的安宁
只有雪，下着
那么深，那么认真

一个人，在一望无际的白色世界里
堆雪人，一个接一个

堆远走的，堆逝去的，堆狠心的
让他们站成一排
朝着同一个方向
给他们安上眼睛，站在原地
看我的背影，看我的孤独，看我远去，在一场雪里消融
无论如何，我不回头，就像当初他们离去一样

渔　村

台风走后
家家户户，供桌上，烛光摇曳

海浪拍打着黎明的岸
红灯笼，石巷子，香火袅袅
丧子的老母亲倚着家门睡了一夜

海湾的臂膀里小村庄睁开眼
多像母和子呀……

狂风巨浪中死去的灵魂
变作小螃蟹
在洞穴里遇见了生前的足迹

一串珠子散落之后

匆忙抓起电话，逐一打过去：
外公、外婆、父亲、母亲、丈夫
又低头摸一摸肚里的小 baby
——确定，在人间
我们依旧一起
穿在一根绳索里
之后，才把珠子拾起
数了数，少了一颗
再一阵心慌

一边打了自己一个耳光
一边念着阿弥陀佛
相信自我惩罚
就会被赦免，被原谅
或躲过什么

春日雨后

蘑菇是大地送给穷人的小伞
我和姐姐光着脚丫
轻轻放进竹篮
竹林里，母亲笑盈盈，跟着父亲
父亲的锄头能听见
春笋破土的声音
炊烟升起的地方
祖母推动石磨
用葫芦盛出白白的米浆
雨后的阳光金丝一样
厅堂上，祖宗的牌位高高坐着
目光所及的地方
刚刚插了秧

那一夜的父亲

火柴划亮时
黑夜中吹来一阵风
他用手护住
吃力地点亮半截潮湿的烟

他深深地吸了一口
目光陷入漆黑的夜

过了很久，又吸了一口，然后猛烈地咳嗽起来
逆光中，躲在门后的他，昏暗、瘦小

像只受伤的小兽

他是我的父亲
那一夜，他是一个刚失去母亲的孩子

火　柴

一根火柴，还没点燃就湿了
他该有多泄气？

一根火柴，一辈子待在盒子里
上面写着大红的双“喜”
她可懂得燃烧才是爱情？

一根火柴点燃鞭炮或烟花之前
是如何抑制内心的欢喜？

一根火柴点燃炸弹之前
又是何等的绝望？

那家店总让我想到……

我总是屏住呼吸经过
那个地方，它几近透明
玻璃的窗子、玻璃的柜子、玻璃的
高脚杯，叠成金字塔模样

它是复杂的
它的复杂来源于透明
来源于似乎一眼看穿
它是危险的
我惧怕于这玻璃质地的金字塔

注入香槟，让夜晚赋予醉人的色彩与迷香

人群中，我一再担心
其中的一只（只要有一只）细跟滑落
它们将显现出支离破碎的尖锐模样

陈小虾，1989年生于福建福鼎，2013年开始诗歌创作。作品发表于《人民文学》《诗刊》《诗潮》《诗探索》《福建文学》等刊物。参加诗刊社第36届“青春诗会”，获诗探索·第三届春泥诗歌奖，参加《诗潮》首届新青年诗会。

梦里的铜鼓（组诗）

蒋在

此生我爱过

想着我爱的那个人
我还不曾见过
他在某个地方
在某条狭窄的道路上走着
那条路
我还不曾经过

此生
他算透了
别人劫难的尽数
此生
他恨过
或是爱过
别人的漂泊

三十年为一世
夕阳击破了暗礁
人生天地之间
在传说中的日落处
摆上一瓶梅酒
跨过一道坎
在阴阳相交的栈房
在那里　等一等

等一等

我的来信
再继续你的归路

藤蔓铺就成一只飞鸟
看准一扇窗
一扇门
飞去了　冬月

我心里若是还有什么牵挂
你也像我一样
忘了吧
等着墙垣缄默的波浪
拿着它
就像它一样
不曾回头

在镜子里与你说话

我躲在每件事物的影子身后
不透明的物体
在我与你之间
添了几个孔的距离
朝着一束灌木丛后的光
穿透进来
变成了褶皱倒转的群山地带
为此
我将会离你更加遥远

一只紫翅椋鸟
羽干和茎叶一样纤细
靠近溪流
我把它想象成你

沙土反复拍打在
他黑铜色的颈部两侧

旧的羽毛脱落了
顺着水源
流进有紫罗兰般香味的树木中
一粒粒不常见的
丝状珍珠从土里冒了出来
为此
我将会离你更加遥远

在此之前
你不可以飞得太高
珍珠散着金属的光
和他光下透过小孔
轻轻地喘息着
把一无所有的残缺
变成了倒转的影子
在抽象的画布上
慢慢被拉近
为此
我将会离你更加遥远

进入横断山脉后
群山已经给你划分了两条路：
山谷和芬芳都会
按照我此前的预言
吹拂你白色的羽毛
引你去一条跳跃
又不可测量的路上
但你却不可完全信它
它是在从镜子里与你说话

你把我含在嘴里

爸爸拖着花岗岩　在荆棘里升起了炊烟
我想借给爸爸一艘小船
把对他的爱

都苦涩地含在嘴里

我点上蜡烛
逼迫这张手掌容纳其他的父亲
他点头同意了
他许诺的烛光在深夜里
映照了我的母亲
我把我的内疚
都苦涩地含在嘴里

他埋下头说
女儿啊　你摸摸爸爸的下巴和额头
我伸出了手
我把我的痛苦都羞涩地含在嘴里
有多少个海港能够迎接你
在哪一个温存的节日里
我能够从远方送给你一头山羊
我的父亲这样的日子还能有多久

你把我含在嘴里怕我化了
你把我放在手心里　我真的就飞了
你把土地的根须
用来推开教堂门外栅栏的沉默
你消融了我的声音
我忘了怎么叫你的名字　爸爸
你把这一头我送你的羔羊
拴在了我不能找到的山上
于是人类的眼泪和大海
都被我父亲含在嘴里

另一种生活

我也曾幻想过
另一种生活
夜晚不点灯

落在窗户漏开的门后
已开的花
来年不会再开

风摇动着船
没有再能通过漂流
上岸的码头

我让你失去过
或者错过
无数
那样的生活

亮光映照的是
别人的住所
空空荡荡的住所
空空荡荡的我
我以为我不曾来过

蒋在，中国作家协会会员。参加诗刊社第36届“青春诗会”，英美文学硕士。诗歌见于《人民文学》《诗刊》等。小说见于《十月》《钟山》《上海文学》等。小说集《街区那头》入选中国作家协会“21世纪文学之星丛书”2018年卷。出版诗集《又一个春天》。曾获《山花》年度小说新人奖。牛津大学罗德学者提名。

银杏，或者琴谱（组诗）

李咏梅

银杏帖

1

在银杏的黄金堆中，选一枚最喜欢的
拾起来，不题字，不做标本
只为它好看

又一枚银杏叶落下来，我顺势蹲下
——身体突如其来的陡峭
让我也像叶子，飘飘然落了一次

2

已是深秋，西南角这棵小银杏树
叶子几欲落尽

它还不如我女儿高
它是什么时候
学会落叶这件事的呢？

几次路过，都未发现叶子
有挣脱枝头的迹象

我有足够理由怀疑，这个小东西
是趁人不注意，才四下看看
踢腿儿甩胳膊，落落叶子

3

雪花落在银杏叶上，雪花
一片一片落上去，就是鸿毛
也能变成泰山——

摇摇欲坠的叶子，就快撑不住了
我帮不了它，我在等待
一场袖珍的雪崩

4

路过一棵银杏树的时候
我无意瞥了一眼，刚好看到
一片叶子从枝头往下落

从黑漆漆的枝桠，到黑漆漆的大地
只有空中分秒必争的这一瞬，一片叶子
才能从头到脚，亮堂一次

幸运的是，因为我的路过，一片叶子
一生最惊心动魄的时刻
在我的眼里加密存档了

5

京城三日，我已见过许多株银杏
长椿里的银杏，潘家园的银杏
风里或雨里的银杏，稳戴桂冠
或已把叶子
败光的银杏……

这些都不是我的银杏。我的银杏
独二无三：一株是我的母亲，一生
教书，养生，做针线活儿，患一种

啄木鸟也医不了的腰疼病

一株是我的父亲，这株银杏
前一秒还和我说着话，后一秒
就打响呼噜，呼啦啦
把黄金的叶子翻飞进我的耳朵

偶　遇

一只通体翠色的蚱蜢
现身于星期天的商场门口
细长的身体携带葱茏的草色
偶尔疾行，偶尔停顿
不像郊外的草丛、农田或堤岸
城市的地砖黑得一览无余，无法掩护
一只贸然来访的蚱蜢
它突兀地出现在这儿，像一枚险棋
每一步
都走得如履薄冰

愧　疚

我带婴儿散步。婴儿在手推车里
左看看，右看看
好奇地参观着此世。
狗尾巴草夹道欢迎
少雨的年份，牛卧河口渴得要命。
河流的刻度
已降至河床——
浅浅的，瘦瘦的，像一位薄命的红颜。
水面尘埃落定，而枯草浮动。
唉，走到这儿，我为没有给婴儿
展示出世界最灵动的一面
而愧疚。一条风尘满面的河流

为没有因婴儿目光
变得清澈起来
而愧疚……一条枯瘦的河流
多么像一截老泪
在布满乱石的脸上，悬而不坠。

听　雨

至少三日，雨下在水泊神山
至少三日，无数只小手
在湖面练习弹琴。
至少有接受过洗礼的群山为知音
至少有一棵上了年纪的胖国槐
老街坊一样，站在岸上的村庄
侧耳聆听。
每一滴雨
都是一个清凉的音符。
我凝望湖面，仿佛读到一页
失传已久的琴谱。

果实之间

雨过天晴，我推女儿来院中散步
一颗过早离开树母亲的小石榴
低低地燃烧在
一旁的马齿苋丛中。

我拨开迷雾一样的草丛，将它拾起
拿给女儿看：宝贝，石榴
是石榴树的果实，而你
是妈妈的果实……

奇妙啊，婴儿与石榴之间
陡然产生了跨越种族的亲密关联。

而此刻，这种亲密正在升级：

女儿的小手，紧紧攥着石榴
两个稚嫩的果实
已经学会了在人间友好地握手……

夜半小抒情

女儿睡着了，我和母亲
各自进入自己的夜读时光。
想起中学时代
那些作业连绵的夜晚，她也是这样
灯盏一样，陪在我身边
读书，看报
随手做一些针线活儿。倏忽间
仿佛看见母亲的手，在时光中一抬一落
仿佛看见
母亲手中的线，在时间细小的针眼里
灵巧地穿来穿去——
十余年过去了，柴米油盐的生活
早已被母亲绣成了有质感的锦缎。
再过些年，我们还是会这样
互相陪伴着对方，像灯光陪伴着书籍
像白纸，陪伴着黑字。此刻
母亲依然在几页汉字里，隐藏着目光
初雪依然在看不见的地方
独自消融。
我像一个精通抒情的逗号
一脸幸福地，独自停顿在过去
和未来的中央——

李咏梅，1992 年生于山西原平，系山西省作家协会会员。作品发表于《星星》《扬子江》《草堂》《飞天》《黄河》《延河》《中国诗歌》等，有作品入选各种选本。

天　空（组诗）

吕达

疯狂的月亮

唯有你爱得直白，甚至毫无保留
对你而言爱意味着回到黑暗之初
纵使等待与分离也无法消磨
你的耐心无与伦比
缓步走向无垠的夜空
你的孤独也是我们的囹圄
若不是你，星辰千颗于我们何益

日复一日年复一年
你绕着圈为了让自己平静下来
你纯洁的疯狂令人窒息
谁不曾为你着迷，谁就不曾年轻
谁不再听你歌唱，谁就已经老去

天　空

忍受着内心渴望的煎熬，我们
穿越生活，脚步深沉
偶尔抬起头，天空
亲爱的天空就在我们头顶
但很快，我们收回疲惫的目光
然后，沉入更深的哀伤：
那里什么都没有
却已经足够

曾经，对这个世界
我也感到有许多话想说
小河在庄稼地上方流淌
山峦在远方发出青色的光芒
还有什么比这更完美更诱人

在想象中
音乐是一剂良药
那时我们躺在草地上
我感到我像一支轻快的牧歌
头上是天空
身下也是天空
就连我转过身
你也是天空
——你那么蓝，沉默如露水
而后来，乐声止息牛羊归栏
陈旧的暮色笼罩，但
在想象中
仍然没有任何事物超过你

致弗罗斯特

我们再也不哭了，老兄。
我们失去了镰刀、锄头和谷仓
我们验证了眼泪不能结出粮食
山顶没有积雪
黑夜在我们身上沉重
生活把我们掰成了几瓣
我们再也不哭了。

我们再也不笑了，老兄。
我们计算成本和得失
被无用的语言反复屠戮
如今，我们知道幸福并不存在
面对嘲弄和流徙，我们顺从

我们再也不笑了。
但我们祈祷，跪在这里

有一年

有一年我没办法动笔写一句诗
感觉每一件事都走到了尽头
往前往后往左往右再迈一步都很困难
很多词适用于那时的处境
可我就是什么也不想写下来
天空每天都为我变幻
我感觉我是如此想活下去
但我却因此放弃了所有人世的安慰
秋天的早晨有好闻的味道
我放弃了树影下的阴凉和光线
听任自己像树叶随着季节变皱变黄
做菜，盥洗，更衣，看书，
从一地赶往另一地，干那干不完的工作
我被快速地切换，也被快速地遗忘
时至今日，我才明白有人说过的“戕害”是什么意思
我想活下去
以尽可能最简单的方式
以大地迎接落叶的方式

是好的

清晨送走了黑夜是好的
清晨又会过去也是好的
田间的菜蔬是好的
菜蔬之间的杂草也是好的
房舍是好的
房舍上一日三次升起的炊烟也是好的
树木是好的
树木在春天时是好的在秋天时也是好的

天地之间那具肉身是好的
那具肉身是一把尘土被你捧在手心是好的
眼睛是好的鼻子是好的嘴巴是好的
那颗心爱着我是好的

致哈代

你们第一次见面是在不谙世事的年代
但有的感情并不是一见钟情般浓烈
甚至你都意识不到
他不会激动你的心
只是时过多年
当你背负过尘世的重担
又将它卸下之后
你突然就安静下来读他
缓慢而反复地
你感受到他的呼吸与你的
如此契合
如此温柔又如此痛苦
你惊讶于一颗肉心如何能告诉你如此之多
以至于一提到他的名字
你的内心就会涌出泉水
将一切人世的杂质淹没

人类简史

你把大地交给我们
我们让大地受伤了
你把天空交给我们
我们让天空变暗了
你把河流交给我们
我们改变了它的流向
你把青山交给我们
我们肢解了它

然后在上面盖起了高楼

你把动物交给我们
我们偷换了它们的功用
你把太阳交给我们
我们受启发发明了武器
你把月亮交给我们
我们用电使之蒙羞

你把智慧给了我们
我们反将了你一军
你把爱给了我们
我们以为那是智慧

于是我们赢了
看起来是这样

吕达，1989年生于安徽太湖。参加诗刊社第34届“青春诗会”，著有诗集《伊甸园纪事》。

我和我的孤独贴在一起（组诗）

余真

镜像十二章

如果我是一只猫，我就要死在壁炉里
光那么美又那么暖
但我是个人类
光它灼热而刺目，人人都想成为它
我对才华和伟大
没有一点兴趣
我想成为静物。灰尘有扑朔迷离的美
如果我说灾难惊心动魄
肯定要被定罪
月亮像少妇的身体一样白而无瑕
因为有满月浮现
所以成为不完美的对照

月　夜

没有哪一天是不必要存在的
每一天的层云起伏如此不同
迥异的差错贯穿着已审美疲劳的人生
我看到玫瑰在花瓶里卖弄它最后的风情
我看到巷子和巷子像麻将那样码在一起
我想死前我会怀念多年前看过的某场电影
电影的名字、座次我会记得十分清晰
虚构的电影和真实的生活
都有雷同的面孔和际遇

电影中我昏昏睡去又缓缓苏醒，像公园
秋千上荡来荡去摇摆不定
月光像洒水喷头一样流满我的周身
小集市网一样的电线，街灯
孤独地贴着一块松软的草丛
星辰像剥落的白漆，黑夜的墙皮又冷又硬
我看到黑暗中的身体贴合在一起
绣球和夹竹桃贴在一起，艳遇和酒店
贴在一起。流浪汉和城市贴在一起
我和我的孤独贴在一起，我的
怀抱只有这一刻，充满着暖意

小叶榕之三

小叶榕它四季常青不肯老去
像极了我

大地物换星移，高楼变成危房的时间
仅仅比我年迈一点

我赞美老去的伟大，也深知我爱的老去
是一个概念而不是一个真的白头翁

我生前和死后一样沉默这是否是物质守恒
小叶榕听得了我的抒情
“这固态聒噪的化肥何时施加我的身上
如她身上浓稠的黑暗……”

问

为什么我们一定要把花留在花圃
或者你反复擦洗的瓷瓶？

为什么太阳不能孤独地落下

抚慰着美人的香肩?
在空无一人的电影院
有种比电影更需镌刻的凄美

为什么我们要损耗无数个日夜
只为了爱的缔造，哪怕只有一刻?
为何我们的母亲满身褶皱
擦洗着早已乌黑的门楣，像黄昏
这摊脚步虚浮、皱纹频现的浊水。

无聊地坐在大树下

下了班，穿过街道，车流
水果摊和小饭馆
一路上和成为朋友的人
相视一笑，点头致意
作为一个异乡人，我们
能感到同样的欣慰
海鲜摊还是一样有腥臭
小饰品被挑来挑去
我手捧奶茶往暂时被
称为家的临时住所
其他租客，零星坐在公寓旁
大树笼罩的石墩上
我坐在大树下，想着
我的身边原本该坐一个人
给他发了一条微信
那条微信只有一张照片
裙角和奶茶杯。也许我应该
讲出更多的东西，但我不
这是一个女人的倔强
她心怀渴求，就像这棵树
黄色的树叶被人搜刮一空
没有什么比沉默更为
引人动容。他不需要回应

我也不需要把枯竭的树叶
埋在一贯沉默的水泥地上

赘　述

瘟疫让白昼锐减。我们在
黑夜的湖上像湖心
唯一一蓬睡莲
人和人本该这样遥远像
对岸的一棵曲折红杉
少年时我沉默吵嚷
羞于谈吐怯于表达
作为人类的种种礼节
我总是期待故事的结局
又总为过程患得患失
我明白人与人最后
也只能达到的那几种
微薄关系。谁也不必体谅
我们社交时手心的薄汗
谁也不必悉知
每一只折叠纸船
期待的风浪、海妖和蓝色
我们到底为什么心碎
造物主啊。我总是想起
少年时代想要得到
答案的那些问题
为什么少女要被房门
隔绝在室内，为什么女人
要勇敢且忠诚
为什么要爱一个人然后
承受随之而来的苦难
当她阅尽世事
皮囊如垮掉的松脂
人间没有什么足以令她向往
——她无坚不摧

离群索居赋

夜晚是我们的舒适区
这时候我们不再是忐忑的下属
不再是疾行的司机
不再是朋友口中的朋友
同事抱怨中的同事
你打开车门，狠狠嘬了一口烟
烟雾就像乌云留在你
年久失修的房顶
你看到路旁僭越了窗台的绿萝
看到你的妻子满面愁容
往植物身上洒水
灯光把她的愁容放大得
像你母亲尚在的那年
在钨丝灯下叫你停下课业
洗手，吃这一天的最后一饭
她的口吻多么严厉啊
你才发现你已经很久没有
经历宽严相济的责难
妻子放下了围裙
意味着她今天做够了妇女
当她像水流一样铺满房间
你像盥洗她的清冽泉水
直到她的气味冷淡得
像餐桌上没被抹干净的冷油
你才再次陷入了孤独
你好像在一个无比荒芜的村庄
好像抱着已为枯骨的母亲

余真，生于1998年。作品见于《诗刊》《星星》《诗歌月刊》《长江文艺》《花城》《中国校园文学》《北京文学》等。获第一届大江南北新青年诗人奖（2016）、陈子昂青年诗人奖（2017）。参加诗刊社第34届“青春诗会”、第9届中国诗歌新发现夏令营。著有诗集《小叶榕》。

微风起（组诗）

袁碧蓉

陌生人

她对着桌上的黑白照片叫爸爸，几十年了
小时候，大声地叫，委屈地叫，生气地叫

如今只是过清明时，在心里轻轻地叫
似乎担心，声音大了，会听到应声

阳光下

微风轻拂
湖水，柳条，碎花裙，梭鱼草，一起舞蹈
园艺工人戴着草帽
打捞湖中青苔
一只螺蛳也被捞起
它躺在湖边小石路上

它和我一样
头顶夏日正午的太阳

微　风

雨后，莲叶上凝聚雨珠
像珍珠散落
微风起

它们在叶面上溜冰

噢！险些滑落
另一阵微风
又回到叶心

影　子

傍晚，我们到铜官草滩
面向落日散步
同行的还有两个影子
他们碰触，排斥，挤压彼此

它们越来越长

这么多年，影子也学会了平心静气
以至于
这样撩不起发尾的风声
也盖过它们的声响

时　光

门前，去小溪的右边
是竹篱围挡的菜畦
暑假，总有几根豌豆藤结着紫色豌豆花
倚在竹篱上
不知哪年，外婆插了根花椒枝
也不知过了多久
花椒枝长成了一棵花椒树
去李家取凉水的人
喜欢到外婆屋前歇气
顺便摘几片花椒叶
那时候，小溪成天欢笑
外婆成天走在去小溪的路上

那时候，　那口井是一村人的水源
那棵花椒树是一村人的佐料

守　护

一匹母牛，背驮一抹夕阳
守护两头小牛
在紫云英盛放的田野里吃草

这是所有母亲想要的样子

但这样子
让田坎上经过的母亲
不安
她看到落日边上
那朵乌云也在高烧

钓落日

相对于大多数人，他自私多了
也勇敢多了
独自将一轮落日抱在怀里

面对世事
他用一面漆黑沉默的背

终于，第三根钓竿成了风中的稻穗
他快速取下鱼钩上
剧烈狡辩，又苦不堪言的鱼
放回江中

当这张无限扩展反复揉皱的铝箔纸
失去光泽时
他和我一样，一无所获

三　月

三月的江风比二月
自由了许多
我们在铜官江滩散步
沙粒中滞留着江水退去时
无法呼吸的河蚌
星空样密集
它们离去时
一定向近在咫尺的江水大声呼救过
一定和孤岛上的人一样绝望
滩面起伏
毛茛举起朵朵小黄花
向远处更远处蔓延

悟

又一次来到湖大外国语学院
将身体放进，香樟筛漏的几点秋阳的
石凳上，一本《白鹭》
沉入阅读，与身旁这棵百年香樟
沉迷生长押韵
是溪水撞击石头的一瞬？
听见沃尔科特
对离去十八岁女友的呼唤
内心通透啊
如眼前逆光飘落的这枚樟叶

渡　口

看懂了，渡口上的事物
用尽一生相望
两岸青山，两条小船
还有文大哥、王大姐和小黄狗

黢黑河面上
一束手电光的闪现

王大姐和小黄狗，瞬间生动

风雨桥

时间是可以留住的
万溶江上的风雨桥留住了上世纪的时间

走上桥，你会见到渴望见到，但又担心见到的他们

怕你不认得
天晴，他们也戴着斗笠

清　晨

清晨，女人顺着河排成一条河

洗脸洗牙，洗鞋子，洗被子，洗拖把
一个家都搬到河里洗

张大姐用洗衣刷洗红薯，顺手递给我一个
我双手接过粉红色襁褓

袁碧蓉，湖南张家界人，湖南省诗歌学会会员，有作品发表于《湖南工人报》《张家界日报》《散文诗》等。

恰如流逝的光影（组诗）

周园园

全新的一天

这是全新的一天
没有可去惦念的人和事
衣服已收进柜子
整齐地叠好
没有灰尘可供打扫
窗明几净
楼下传来弦乐之声
攒了一年的话
找个干净的容器一吐为快
多年未回的故乡
即使在梦里
那些白杨也为我蓬勃生长
仍然可以继续探讨
生活美学和理想美学

忽然下起了雨

忽然下起了雨
在午后的阳光里
像建一座全新的王国
有噪音来自忽然被中断的
对违建物的拆除，有笑语
从恋人们的口里传至耳中
有艳丽的光，持续闪烁着

有诗歌，在脑袋里构思而在雨滴里完成
有思想，有埋头哭泣
有双手合十的宁静
鸟雀提前飞到窗外，被市井的纷杂
吓破胆的小家伙们，找错了地方
有人忙着建宫殿，变弱变小
像没有一样存在
像一缕黑森林的烟

红色音箱

夜晚，从红色音箱里传来下雨的声音
雨声自空蒙之处传来
像冬天，叶子离开枝头的舞蹈
夏日的蚊飞成群，于灯盏四周
形成一尊饱满的金塔
你无力打破的，那些已经发生和即将
发生在雨中的故事，香樟树在博士楼前
蔓延，它们丝毫没有在意时间以及
我离开整整五年后，一些虚弱的力
已将我困在某个轨道上
狭窄的光，在无数个雨滴上舞蹈
那是金色的雨，是满也是空的
记忆，爱情，和笨拙的我

恰如流逝的光影

这是阴冷的时刻
我刚从一场午后短暂的睡眠中惊醒
一只眼睛的蝙蝠正注视着我
像我自己抓住此前的一个错误
谁能于沮丧中彻底原谅自己？
谁能坦荡地接纳一个残缺的自我？
谁有完整的爱，热烈如火焰？

我在惊恐的瞬间感到上帝离开
恰如流逝的光影
黑色的哭泣的肩膀
一切不真实的正拉紧你
过往成就你的，正残酷地摧毁你

勃勃生机

阴沉的风吹响风铃
一个下午，我都在注视窗外
六楼以上的阳台，凸起的褐色支架
挂着多少虚无的日常，孤独的旗帜
正飞舞在看不见的风中
刚刚播报了四点整的消息
如同生活就这么整块整块地或者
被不规则地分割成小部分
慢慢消耗，失意的时光
你离开以后，风帆开始在天台上飘荡
布谷鸟带来宁静的早春
一切都在解冻，一切都在苏醒
一切的勃勃生机却无助于我

改　变

你轻轻放下一些空白纸张
游戏的手指，承诺着怎样的改变？
不要继续说下去，停在这一秒
最后一滴雨从檐下落到玻璃窗上
假日已经接近尾声，忙碌而空虚的三月
越来越近，它们越过雨水
或许已经提前到达了
不，不要开口说话，三十年的生活
你已说得足够多，像墓碑旁的杂草
愈是黑夜愈是阴雨就愈加疯长

你的神秘，是早春枝头黑乌鸦带给你的
它扇动纱罩般的翅膀
带来又带走阴郁的历史
将你从时间里剥离
允诺你升起灯塔的蛇形岛
你必须只能自己找到指北针

当你经过它的王国

在春天
室内是如此湿冷
一场疾病
很久都没有痊愈
嘴巴尝不出味道
连鲜红的草莓也是苦的
那些感动过你的
无法再次令你动容
树冠一样的云团
盘在头顶
转瞬即逝的温柔
心如脆弱的冰纹
竹笼中黄羽毛的鸟
当你经过它的王国
它已永远地消失了
像一个残酷的隐喻

雨夜，听雨

雨夜，听雨，是一件开心的事
雨滴下后，有瞬间的安宁
我在那间歇的时刻，总会想起你
我们一起创造新词汇，以及出门看云的日子
我的眼泪是真实的，在想你时
可你总会一边穿起黑褂子，一边说：

很少听你这么说，从来没有，一边摇头：
这个时候，你感觉不快乐吗？
我们出门看嫩绿的叶子，还有金枝槐
教堂外围起了高高的护栏
提起一些话题，像语言密室，有可怖之感
那里，你渴望我们一同进入，却闭口不提
可能的悲伤，当我们分开和无法分开的时候
你拒绝了想象，仿佛雨水仅仅漫过屋檐
淋湿额头的蓝，现出一种稀薄的空旷
以及呜咽的沧桑。

拥抱我

当空闲的光阴来到我身旁
静静坐下
晚风已轻声吹过摇晃的秋千
像欢愉的时刻
在花市，金合欢、桔梗、野百合
你望向它们时，动人的姿态
荣耀的日子一去不复返
当我开着车行驶在春光路
周围已是早秋的景象
不会再有任何奇迹发生
自由的灵魂迎来了它的纷乱
春光路以无始无终的延绵
接纳了我

周园园，1989 年出生于黑龙江，曾在闽求学。有诗歌发表于《草堂》《星星》《芳草》《中国诗歌》《福建文学》等刊。现居天津。

草根谈（组诗）

袁嘉敏

再见洋葱君

剥开，无心
其实流泪很正常
可她偏说：“我没哭，切太快，
切到手了。”故意把食指裹进嘴里
可刀刃上
明明没有血

草根谈

因为不是花
所以偏爱美
爱得像蜜蜂
匿在丛中，相信了蜜语

像个笑话

接着又是一声长笑
把他吞进黑暗的
喉咙中
奋力一挣
抱紧抖动的小舌
跃身挤出牙缝
蹑到嘴边

抹去一身冷汗
险些丧命深渊
他深鞠一躬亮出
小丑的笑
像极了小丑
不！他更像条鱼
跳跃，下潜，摆尾
游弋水中
张三的
李四的
王二麻子的口水
都是他活命的
氧分

后来听我妈说

送我当兵那天
我就是想多抱一下他
他却用力推开我
就连我从车窗里伸出的手
他也用另一手推脱
他不答应我喊他
后来听我妈说
他就是省着力气
赶回家
抓起我枕边的公仔
用力
再用力
塞进怀里

亚伯拉罕百合

很美，也许她并不自知
形容，只是我赋予的注视

为何孤立于这玻璃做的瓶子
或许连同花的名字都是我自以为是的
她或和我一样，是个女子，着了白衣
此刻，该在隔壁的客厅
听一段《花之圆舞曲》
然后，有风卷起窗帘，闻到淡香
像一个女子，左手捻茎，右手握剪
用华尔兹的步调，抱一束百合
插进花瓶

有家米线店

门口
年轻的姑娘蹲着
在油渍中淘洗油渍
盆里倒映着
她布置的天空一只碗
可以舀一朵云
一只碗又一只碗
从一个盆过渡到另一个盆
依次由暗胶变成明亮
她刻意调慢节奏
哼起家乡小调
像父辈的摄影师
那样满意
一张照片被滤镜后的呈现

烂尾楼

似乎从我还在上小学时
他就这样站在鼓楼路
像个没有童年也没有老年的怪人
对于他的身世
早就熟视无睹

某天打滴滴拼车经过
同乘的一外地人
指着烂尾楼发问
司机打了个呵欠
然后像个目击证人
让欠债跳楼的盖楼老板又活了一次
当着外地人的面
又跳了一次

跳房子

每次勾画未来的
都是你
抛石问路
层层而上

每次最先达到天堂的
都是你
一个转身
像沙包破窗而出

写字楼下仰着头
向你招手的羊角辫小姑娘
根本不是你

这次
也只是个游戏

高光时刻

一些已经化好了
一些在等待化妆
排演期间
她从门缝溜进

又黑又瘪
头发枯燥
像条脱水的泥鳅
我确认自己眼中
闪过一种迟疑
突然想起昨晚看见
她老公朋友圈中她煮奶茶的照片
以此为话题承认
周围对她的冷落
“他嘛，就会秀恩爱”
一个故意强调不屑的表情
她立刻把她老公压缩成
一支强光手电筒
光源穿透她的皮肤
周围聊口红秀包包的女士
都暗淡了

袁嘉敏，“80后”诗人，昆明人，转业军人，现供职于云南省公安厅。诗歌散见于《诗刊》《草堂》《星星》《诗潮》《解放军文艺》等刊物，曾获“边防文学”年度奖，参加首届《诗潮》全国新青年诗会，系云南省作家协会会员，中国公安文联作协会员。

绽放

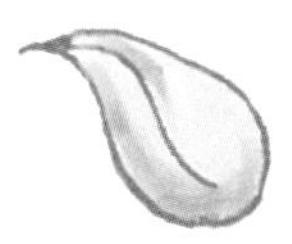

BLOSSOMING

POETRY APPRECIATION

陈雨潇

余冰燕

杨晓婷

田宇格

张丹

宝音塔米尔

女子抹着月光的口红（组诗）

陈雨潇

这般轻柔地活

在该醒的时辰，轻柔地醒来
用猫咪肉垫的脚，轻柔
走出房间，心脏
也轻柔地搏动着

不惊扰云彩
在时间的鼓点中
做比一缕风，更轻柔的风景
吹开一朵鲜花
轻柔拍打海岸
沿时光慢慢
变老，然后
轻柔地死去、腐烂

做一道轻柔的划痕
像是不愿增加世界的负担

玻璃细瓶

一只古老的玻璃细瓶
修长的瓶身，纤细的瓶颈

厚薄不均的玻璃瓶壁
坐在坐北向南的屋子里

如果说屋内有阳光
应该是冷寂的
如果说瓶子上插有鲜花
应该是简素的

女子抹着月光的口红
抽出玻璃细瓶中
凋零的花枝
她说："冬与春
都是时光的坦然"

青铜轨迹

这是只，古老的青铜水瓶
坐在梨花木柜上
粗糙、喑哑的面庞
晚风里，弥散出久远的气息

从光中飞来。蝴蝶
带着，稍纵即逝的美
如吻，如陨石，坠落
在青铜器壁上。绿锈氧化
拓印出，宿命的轨迹

这时光的遗骸
至今，我仍能看见
那死亡不死的薄翼
还在飞动、挣扎
憧憬着，不可企及的来世

慢

插花的时候，时间过得很慢
慢得叶子，永远绿在树枝上

慢得花朵，慢得人世
云朵飘动

在同一个地方
门打开，在某一个角度
有情话未完，长长的尾音中
一个人出现……

黄昏向晚，华灯未上
一个人修剪花材，在空房间
修炼一种定静，身体
如烛火，豆亮

时间如流水，在花与匠之间
漫淌
那一刻，一生
是如此漫长

雨　天

雨天了
意味世间的一切
暂停此刻
意味你，停留在屋子
与自己相处

雨滴落屋檐
幽深的花香，被雨声烦扰
暗淡的光，淹浸日子的影子

可以坦诚秘密
站在悬崖，吞服黑暗
可以远离自己，习惯孤屿

每个人都会有这样一个雨天

在雨的背后，一扇门开着
在风声的空寂里，坐着
另一个自己

等

很长时间，她仍在等
等阴天里的雨水，白雾渐浓
缠绕在空房间的小兽
胸膛刮起回旋的风

很长时间
欲望的山茶花开满枝头
谎言被谎言欺骗
秘密惊恐着复活
等远山的树木绿透

等等等。朱砂在手心勾画
一朵永不凋零的花
她静默地等
一天天变得脆弱、低矮的等
等在时空之外
等是她的等待之中地等

终有一天，她在等
等轻快地跨出一扇门
花器扔弃所有的鲜花
散场离开的人，都回归原点
等荣誉，像被虫蛀的叶片
在日光下闪闪发光

终有一天，她重新拾起
过滤干净的语言
等身体，文上岁月侵蚀的斑痕
并再次愈合

等待完整的骨头
终于，拥有枯萎的柔情

女人与花独坐

柜几上，明明没有花
光从木格窗透射而入
却投落花的蜜语
没有风吹动
屏风上，香气的影子
在缓缓摇动

房间有人走动
脚步从她身上经过
落下纷繁的花瓣。仿佛
照片上曝光的重影
在同一位置
人们拿起器皿，使用，攻击
自卫，又放下

什么也阻止不了一个女人
在时间里静坐
像一块云白的岩石
打开内心，种下花的种子

陈雨潇，“80后”诗人。广东省作协会员。诗歌、评论发表在《星星》《诗选刊》《作品》《火花》等国内诗歌刊物。出版诗集《微醺质地》。

与君书（组诗）

余冰燕

陌生人

高高，四月了
我许久没有给你写信
今夜，风从东北来
不带一粒扑扑的尘埃

我经由人群抵达秦淮河边
金陵的暮春，多像一段留白
一片花瓣从叶的口中，卸下春天
零落成与万物相似的孤独，趴在河面

高高，你兴许知道
孤独一定比人类活得更长久
高高，夜色尚早，再往深处走一些
直至我们成为河流眼中的陌生人

与君书

想起昨晚的残羹和书信
我觉得黑暗离我越来越近

桌角的蒜苗烧肉已经没有了热气
而书信掩埋着命运，一双潮湿的眼睛

高高，面对生活，我们谁也无法步步为营

那就凹凸地活着，凹凸地成为生活的一部分

高高，还好，我还有足够好的月光
夜晚，用来一寸一寸地思考和浪费

这一生

等风再大一些，大到可以盖住黄昏
我就坐在山坡上，看夕阳饱满地下沉

高高，这一生，悄无声息
每一朵花，都对春天
讳莫如深

这一生，山长水阔
很多人忙着爱和赴死
我也不例外

这一生，转瞬即逝
我们的爱和失去
一样凶猛

高高，此刻
我就坐在山坡上，看夕阳饱满地下沉
等风再大一些，大到可以盖住黄昏

十点以后

十点以后，星星爬上枝头，可我爱月亮
你在屋内静静读书，偶尔皱眉或悄悄叹息
黑暗一步步逼近，想起我蹉跎过的时光
阜盛如樱桃林，一点不必担心
美好的事物本来就要用来浪费
先生，今晚，月亮有沙子一样的颜色

回民街

凉皮、羊肉串、肉夹馍和酸奶
在我嘴里，也在你明亮的隐喻里
午后的阳光极好，人声鼎沸，时间充沛
你一句话就概括出一个细节，譬如
光芒万丈又一无是处的必定是夏天
先生，因为你，我格外爱这热气腾腾的人间

九月的火车

后来火车路过洛阳，我们停了下来
窗外一朵浩浩荡荡的白云正预备与我相认
远处敲打生命的钟声，不敢停留到黄昏
先生，我爱这片刻的宁静胜过九月
胜过鲜血，甚至一瓣用灵魂与车轮搭讪的枫叶

据为己有

我坐在窗前写信，写刚刚逝去的春天
天色阴沉，一棵杨树在北风里摇晃
偶尔闻见公鸡打鸣，那肿胀的鸡冠
鼓足了突如其来的勇气，先生，我想起你
便无法确定，要不要把夏日的花瓶和风打碎

白马湖

六月，我们要去白马湖走一走
答应我，到了乡间小路
你就交出坦荡的孤独

高高，你不必将自己隐匿风中
时光如此宽宏，你只需要热爱

眼前的黄昏和澎湃

你看
满湖含苞的荷花
都逼近盛开

我从未如此偏爱夏天

已经夏至了呀，高高
盛放的蔷薇提醒我，时光正好

此时我们应该顺着节气
反复收割花与花的间隙

我在一片叶子上，清晰
写下爱和你的姓名

遇见你之前
我从未如此偏爱夏天

余冰燕，原名余娟，1993 年 6 月生于江苏南京。南京大学硕士研究生在读，热爱文字，热爱诗歌，热爱活着的一切。

渐变的美（组诗）

杨晓婷

雏　鸟

应该是大风刮落了它
小小的脑袋，湿漉漉
把每一个路过的人
都当成归来的母亲
喳喳叫着
它那么小，羽毛尚稚嫩
还不懂分辨爱和伤害
我给它喂饭粒和水
它也喳喳叫着
我愿意用一个母亲的
身份来回应它

她愿意自己是这样落在纸上的

她把一张纸拉成弓
把每一个字削尖，闪着寒光
弓箭代替她说话
所有愤怒或哀伤
纸是易燃物，能燎原
纸暗藏刀锋，能够自卫和反击
她手上有那么多武器
可是，她更愿意自己
呈倾斜，像悬挂在杯口的一滴水

落在纸上，不伤及他人
她愿意自己很慢
慢慢渗入纸里，所有内容
都是一滴水的空白。

这几年不谈雪了

这几年不谈雪了，不谈纯度高于
生活的事物，不忧伤，也没有过多的喜悦
有时会做个诚实的孩子，躲到一面镜子里，坦诚
自己的衰老和残缺
不抗拒腮红和唇彩了
偶尔小酌
遇到天色暗淡
我选择朗读一首颜色鲜艳的诗歌
服食一帖中药，让天色渐渐
有了草木的气息

你与我之间隔着一场雨

这些雨水太过密集，像一只
巨大蜘蛛，吐出的千丝万缕
我并不怕成为一场雨的俘虏
多年前，我就到过它的内心
知道其中的冰冷，疼痛，和那
止不住的泪水。
我试过把肮脏的自己交给一场雨
试过像一枚叛逆的汉字
从字典里出走，成为一滴雨
试过拥抱、哭泣、静默和倾诉
现在雨水交织，我独自静卧
有着赴死的平和
不像你，总是选择站在雨外
总是避免潮湿，隔着

一场雨看我

在河边

这个忧郁的男子
一个人盘着腿坐在河岸
仿佛河水里有他需要念诵的经文
他想对着一条河流，静一静
把多余的沙子淘走
我也有一条可以静坐的河岸
也有需要淘走的多余之物
但这么多年过去了
我一直没勇气选择坐下去
一直只能像现在，站在远处
默默看着另一个人的打坐

活着还能保持这些

祝福吧！她还能说出：吃了很多阳光
那么美的话。走累了，还能
找一棵好看的树，仰头静看
祝福她活着，继续
迷恋露珠与叶子的蜜语
遇到黑暗，还有要摇落星星
点亮人间的善良
祝福她，还能在一张纸上安置自己
捧着一棵大白菜也能深爱
那些汗水，养育之恩。

向一只鸟致敬

我未到过的远方
这只鸟代替飞过

我未到达的高处
这只鸟代替到达过
我希望能栖息于一棵树
梳理疲倦，自由鸣叫
这种生活，这只鸟
也代替着活过了
现在它留在大地，身子
蜷缩成圆满的句号
我把它埋了起来，向它
勇于飞行的一生
致敬

烟花璀璨时

晚饭后，我们燃起了烟花
院子四周，仿佛得到佛菩萨的恩赐
逐渐明亮，和璀璨。
这其中的起起灭灭，曾是我一直想要抓住
并，常为之不安的。
他搂着我，仰头观看
烟火在半空开出繁花，这个男人
多么美好而善良
菩萨啊，因为懂得缘起缘灭
因为这份短暂的绚丽
因为我能，并与所爱的人，置身其中
请原谅我，一再低头，感恩落泪

哀　歌

从塘山到银瓶山
从出生地到暂居地
我已前无去路，后也无退路了
故乡是一个多么薄弱的词
作为一滴泼出的水

我寄居蟹一样活着
背负一所没有姓氏的房子
晴天，晒太阳，假装热爱世界
当一场雨追赶着人间时
我便缩在一个人的壳里
打盹，发呆，用这场雨
长出的马蹄
衬托自己的幸福感

杨晓婷，曾用名杨梅，广东廉江人，居东莞。广东省作协会员。湛江诗群成员。作品发表于《诗选刊》《延河》《诗歌月刊》《中国诗歌》《青年文摘》等刊物，部分作品被收入《谈诗录》《蓝色的旋律——湛江当代诗歌评点》《广东青年作家诗歌精选》等选本。著有诗集《琐碎的格子》《渐变》。

镂空辞（组诗）

田字格

小姑娘辞

琴声使她失去边界
听力的边界，也是冥想的边界
节奏传达出的忧伤帮助她停顿，放下整个身子
是时候了：她忘了自己是谁（在哪里，在哪一年）
好像还在童年，摸着爷爷的耳朵睡觉
一觉醒来，他不在身边，就哭着鼻子到处找
房间里，没有；屋外走廊上，没有；河边，没有
她跑回家，她已习惯了“失去”
掏出五斗橱里爷爷用报纸包裹的冰糖（没加明矾）
边哭边咬，多晶冰糖磕疼她的牙
悲伤是不规则的，她咀嚼

十一月辞

身为黄昏爱好者，你无来由地喜欢落日
“地球上多几次日落就好了”
有没有人像你一样
对申时、对金色没有抗拒力
每天这个时候坐于窗前目测夕阳下滑的速度
揣度其中的意义：安详是其一
作为上班族，你更爱下班
（这是不够勇敢的表现吗）
你说不是工作，是工作的间歇
使生活持续，在忍冬的美与无用之间

无为辞

冬夜是隔出来的房间，没有窗
台灯的照明可有可无，灯下
剑兰比昨天枯黄了些，不该浇太多水
该承认无为的力量，等它活下来
等了一周，但什么都没发生，除了更枯黄
每天你在这儿写作，穿着法兰绒家居服
享用被雪浸湿的空气
黑色皮椅旋转，形成一首诗的轴
旋转，但什么都没写出

分身辞

在学校，时间是方形的，铃声为界
其实没有边框，我的无数身
在操场、教室、广播操音乐里
两个孩子蹲在花瓣桌下说“找我啊，你找不到我了”
另一些在玩“摸脚跳八组”，还有一个
坐在地毯上，闭着眼尝咖啡（他也在分身吗？）
洒出来的棕色液体被阳光吸收
器材室里，飞镖一下扔中靶心
冷静流畅多向：这么多分身中，蓝色那个是你

安宁辞

坏天气使树木生长
放学了，三个马尾辫女孩围着我
校服与两株金盏花属于同色系
巧的是人与花同样明快
语声清脆，够得上银质花瓶的流畅
答应为她们写诗，另两个女孩在做作业
香水百合（别名卡萨布兰卡）有日常性
分享好东西（比如花香）无需求证

屋外将近五点，鸟鸣啾啾
此刻安宁不在我们的时间里

白城沙滩辞

把身体埋在沙子里的人
发现沙坑与子宫、墓穴一样暖和
（像哑孩子小吉，尚在吉妈妈腹中）
留一个嘴巴、双耳和脑袋
用于说、听和思考
其余的部分，藏起来
冬泳的人从大海游回陆地，几乎赤裸着
记得我也曾这样到来：星际有通道
（但我来自哪颗星星？——这是一个谜）
童话中的小吉，与怀着他的妈妈
同时降落到地球：没有早晚之分
我躺在沙子里，望着正坐上游艇的母亲
刺目的阳光下，她在朝我招手

雪前辞

校园里的蜡梅开了一半
另一半，还要等到一场大雪后
这是一月份的一天，我来上班
女儿在旁边看书，她指着封面说：
这个男孩跟园丁学园艺
拇指一点，便长出想要的花
他在小女孩病床前、在监狱里种满花
女孩病好了，囚犯也不打架了
这是两个灵魂间的芳香疗法
米勒《晚钟》里的祈祷方式
说这些时，女儿过来沏茶，我看见
她手指上的冻疮，将她拉入怀里
（自她出生后，我们还未这样亲近过）

替她揉，末梢血液在恢复循环
我感受到她的颤动——这个小灵魂在冬日中的

灯影辞

三个孩子在看书
一个站着，一个坐着，另一个趴着
空调出风口的莲叶吊饰晃动
灯光下，莲叶布满天花板，以此为参照
上面像是荷塘，我像是在倒立
天花板镶嵌了一个天空，形成蓝与白的循环
（不管了，三维就是三维）
一身黑色的我，给盆栽植物修剪枯叶
木风铃在撞击中有不同的影子
看书的孩子都换了姿势，也有不同的影子

光和影辞

同一色系的衣物具有不同效果
昨天去椴树林、栾树林
我穿着旗袍，光打在上面，紫色深些
今天去冷杉林、圆柏林
我穿着鱼尾裙，光打上去，紫色浅了
光被纺织品不同程度地吸收
（海拔也不同）。耳机里，科恩的低语是庇护
——像是来自腐殖层，歌词包含了我
过生日那天吹蜡烛时的隐秘愿望
你说亲近植物，穿裙子，按时过生日
帮助我活得一无所虑：对妄念是一种过滤

山间雨辞

山上下雨了，天压得低

我们浑身湿湿的，牵着手
同样的湿度，是玻璃栈道——
塑胶鞋的摩擦力带来“嘎吱嘎吱”声
下方，悬崖笔直，树枝晃动
山雀、斑鸠、啄木鸟在叫，等待我去分辨
但晕眩总是混淆我的结论
（何种身子才能分辨何种鸟？）
我们在没干透的巨石上
坐下，数滴水声，等陌生人说
“借过”，彼此生出擦肩而过的喜悦

田字格，原名马莉，1983 年生。静居江南一隅，教书，阅读，写作。江苏省作家协会签约作家，著有诗集《灵魂的刻度》。参加首届星星·散文诗会和第 19 届全国散文诗笔会。

在光与影间穿行（组诗）

张丹

夏，最后的生存

从车窗望出，夏的一天十分可爱。
我生命中的第三十次，夏天来临。
事物都发着光，像鳞片伤残的鱼，
不慎跃出上岸，横陈在晴空以下。
虽染尘埃和淤泥，这最后的生存，
源于无心的过失，是闪亮迷人的。

你相信……

指甲变长时，你也该回家了。
带着一盒新鲜的蓝莓，儿子在等你。
但你还是拐弯去了海边，
想再次看看海潮和人群。
踩进沙地，一阵难得的松软与自由。
毫无疑问，那是一条你想走
就可以一直走下去的路。
不断地经过一个个童年乐园，
中年公园，老年广场……
脚撞上热烈的野生植物、贝类、鱼虾……
你被他们当下的生存深深感染，
相信自己在未来也会得到幸福。
你相信……
就像你在这夜晚感叹青春忽然消逝时，
那个久未见面的友人回复：似乎还在。

海滨独步

这晚，在无尽的海岸线上，
在极热闹的人潮中，独自散步。
一边是茫茫的海水和孤影的灯塔；
一边是通明的酒店和满座的餐厅。
你不偏不倚地，走一条路。
在光与影间穿行……
肉身的无法看透，不过如此吧。
死亡的不可形容，不过如此吧。
人生不就是独自远行，再一人久坐。
这不就是陈子昂的生命与墓地经验，
赫尔曼·黑塞的“雾中散步”之见吗？
而再一次，你从中分得了诗句。

世界与雨

下雨。孩子们和世界失去联系。
看厌了动画，又趴上窗，看雨的情况。
大人们重新和童年往事取得联系，
在雨声中，在音乐里，在梦幻时。
下雨一天一夜，白日世界和梦世界，
合为一个。仿如到了世界之初，
混沌中已有一个等待。等来了，
一束绝然的车灯与满目昏暗相纠缠。

游乐场

远处，停着白云。
孩子吃着的棉花糖，变化了形体。
阳光下吹出的泡泡永不消逝，
直到小小五指伸出，盈握了空幻。
秋千如个个生命，以孩子作心脏，
摆荡着。停下，

便到了，多年后的死亡。
你回头就见，儿子正欢叫着奔来，
把你带向你的童年。破碎是在何时
被缝合为了透明？而错误与幸福面貌一致。
因为游乐流下的汗，近乎某次伤心的泪滴。
时间，在哪个起点改变它的性状？
将永恒，凝结为，一日。

沙漠公园

这儿，已经一个月没有下雨。
我年少时的风景耷拉着，
若无人工浇灌，它们恐怕
已死于夏天。我的眼垂着，明白
生命的风景，无法与真的风景
对应。罪和眼泪，不区分时节。
爱，不按日出和日落。
自然与我间，穿过散步者。
一个人要走多少路成为人？
谁有了家，还想要爱？
家总破碎在爱的四周。
如果只是枯坐，遥望个个
爱的中心，没有下雨，
孩子们没有转动彩色电陀螺，
公园就仅是些，“积极的沙漠”。

暗影公园

那一瞬间你理解到，黄昏的美丽在于
将永恒猛然一闭，送入了夜。
奇绝的风格，虽非自愿，却是有意。
像人们为了生存，屡屡向
生命的徒劳，倾赠爱恶和悲欢。
彼时，入夜了。

大人们将牵起散开一天的手，
孩子以无器官身体，转动彩灯轮滑。
小狗撒着欢。
老人也尝到了丝丝幸福。
你散着步，于这间暗影的公园。
轻脚轻手，如同爱穿过了人群。

灯笼花之夜

小小的身体，双手抱着。
走过玩具店，也未转头。
随后他站住，告诉妹妹，
这就叫做：我抵抗自己。
悬垂的灯笼花，藏进夜色。
告诉爸爸，他的来历——
由于吃了宇宙的心愿，他
到了地球。他仍有两个心愿，
一个在大肠，一个在小肠。
悬垂的灯笼花，偷偷笑了。
夜修饰妈妈的零星白发。
未经他同意，她不会变老。

张丹，生于1989年，四川遂宁人。四川师范大学文艺学在读博士。写诗、评论。诗作及评论散见于《诗刊》《星星》《红岩》《广州文艺》《延河》《西湖》《西部》《江南诗》《散文诗》等刊。

致缪斯（组诗）

宝音塔米尔

致缪斯·一

我想起蓝天尽头的白云
我想起一座华美的洋房，里面的人
每个都洋溢幸福
我想起春天到来的时候，街头兀自
绽放的桃花
我想起你
无穷无尽的你

我送给你我的血液
在那里我尽情舞蹈
我送给你我的呼吸
因为我已经遗忘
我送给你我的皮肤
用它编织成我的心脏

你走过夕阳，黄昏，退潮
四季，冥河，我的记忆
阳光编制的地毯，和撒满花朵的神坛
我为你谱写
最华美的衣袍
我为你戴上
最辉煌的花冠

于是我静止，停下脚步
我在这里遇见

于是我跌入神的怀抱
你。
我独一无二的缪斯

致缪斯・二

一颗星星掉下来
落在你的手心
它眨眨眼，转瞬即逝
无数星星掉下来
匍匐于你的脚下
你圣洁而微微发光的身体
宛若神明降临

你抬起手，让我瞧
划破夜空的流星
你说那颗星星划过的轨迹，就是
我们走过的旅途
因为我曾送给你整片人间
你说流星的尾巴似曾相识
就好像，你的信徒曾虔诚地
穿越高山大海，追逐
到你面前
你说火焰不会燃烧殆尽
它要重启征程
仿佛你的言辞
落在我心上，蔓延
而星火燎原

致缪斯・三

一半黄昏时的暮光，它
有时出现在路灯侧影
我采撷春光与明媚，将它

埋进薄暮后的春
你一路走过花开满城
你一路走过绿柳成荫

你不必如此完美
你不需要昂首挺胸
如果你某天踏入春风
我就在可触碰的壁垒之外

你是怎样的?
你是一半的糖，一半的风
一半的冰雪，另一半的海
你是有时的柔和，另一些的清爽
你是一切，一切的面包，天鹅
风，紫罗兰，和凝固的胶
我信仰你犹如信仰最真挚的真理

致缪斯·四

我曾孤身一人走过
河流，海洋，樱花树下的街道
我孑然一身，等待
从黄昏至午夜，从黑暗至黎明

那天我遇见你
夏风，烈焰，青空
我遇见你
我缝缝补补，那颗心脏
被填满炽热的红色

我想要你更加耀眼
闪耀过我自己
我追逐太阳
无尽远方，我永远奔跑在旅途
我追逐你

犹如我虔诚仰望太阳

致缪斯·五

亲爱的——若我得以有幸这样称呼你
你一定不曾知晓，我
这样的我，是怎样的我
我怯懦，胆小，且卑鄙
我熟记你的名字，却
一次也未曾说出口
我畏惧将你的名字说出，好像
这样你便会像轻飘飘的羽毛一样
飞走，再也不归来
若我说出口，那么
你一定会离我远去
亲爱的，请不要问我
请不要向我确认
不要问我，我是否爱你
因为答案毋庸置疑
答案，明明白白就摆在那里
若你不信，可以敲开我的心扉
仔细看看，你的姓名
是否有被刻在我心上

宝音塔米尔，蒙古族，2004年生，现就读于北京八中，高三学生。

绚丽的花朵有各自的绽放（评论）

张德明

把女人比作花朵也许是一个落入俗套的比喻了，因为英国唯美主义作家王尔德的那段话太深入人心，他指出：第一个把女性比作鲜花的人是天才，第二个把女性比作鲜花的人是庸才，第三个则是蠢材。不过，一想到鲜花绚丽的色彩、诱人的芬芳和多姿多彩的绽放，我们还是会情不自禁产生将它们与妩媚多情的女性相提并论的表达冲动。因此，在我眼里，以绚丽的花朵来喻指美丽的女性，似乎永远都不过时，永远都有着恰切而生动的修辞功能。本期的“绽放”栏目推出了出自“80后”“90后”甚至“00后”年轻女性诗人的诗作，她们用各自不同的语词系谱和抒情表达式，书写了对于生命的感怀、对于世界的探问、对于自我的凝视，她们犹如春季里色彩斑斓的鲜花一样，绽放出各自的风姿，呈现出彼此不同的美，给人带来了不同凡响的视觉的冲击和艺术的回味。

陈雨潇和田字格都是标准的“80后”诗人，她们的诗歌既有共性特征，又显示出很大的差异性。对于世界的感知，她们都保持着特定的观照视角和敏锐的洞察意识，她们用女性敏感多思的触角来探测这个世界，又用富有个性气质的语言将其彰显出来，诗意的空间，由此显得别致生动，情味深远。二者迥乎不同的是，陈雨潇似乎更多沉浸在想象的世界里，她往往由现实而进入想象，进入幻境，随即超离了现实。她沉迷于幻境里的各色物象，并以这些物象为元素，拼合出自我对于世界的独特理解与认真，以及对于女性生命存在的某种思忖。《青铜轨迹》一诗写道：“这是只，古老的青铜水瓶／坐在梨花木柜上／粗糙、喑哑的面庞／晚风里，弥散出久远的气息／／从光中飞来。蝴蝶／带着，稍纵即逝的美／如吻，如陨石，坠落／在青铜器壁上。绿锈氧化／拓印出，宿命的轨迹／／这时光的遗骸／至今，我仍能看见／那死亡不死的薄翼／还在飞动、挣扎／憧憬着，不可企及的来世”，诗人于青铜器上睹见蝴蝶的影痕，将其妙喻为“时光的遗骸”，并臆想这蝴蝶那“不死的薄翼／还在飞动、挣扎／憧憬着，不可企及的来世”，现实与幻象、今生和来世，在这里交织、叠印，碰撞出意想不到的诗之意蕴来。田字格的诗则更多地贴着现实在写，现实是其诗歌中的主要依据，而在现实之外，她能巧妙地引申出对于生命和自我的哲性思考。这首《练习》就有这样的特点，全诗为：“在这块土地上／我送走五个亲人／第一个是父亲／那是三十年前的事了／去年是祖母／她不是最后一个／死神还在邀请他的客人／我怀抱骨灰盒的姿势／越来越美，像是抱着／另一个自己／不忍停留片刻”，至亲的人在不断离开这个世界，诗人将他们一一送往了遥远的天国，那一份悲情是沉重而无奈的，最无奈的是，自己迟早也将会加入这远行者的行列中，诗人怀抱着亲人的骨灰盒，“像是抱着／另一个自己”，这种感知是真实而深切的，这是残酷的现实对诗人内心的催动，诗人将这种催动酿化成诗行，相信每个读者读到此处也将泫然泪下。

出生在 1979 年的杨晓婷和出生在 1989 年的张丹，她们的代际归属，都可以用“准”字来形容，即前者可算是准“80 后”，后者则为准“90 后”。她们在年龄上具有的某种相似性，似乎也决定了在诗歌美学上的某些相通处，那种代际跨越的年龄尴尬和瞻前顾后的心理纠结，也会在她们的文字中留些蛛丝马迹。在诗歌的篇幅设置和结构处理上，两位诗人很为接近，她们写的都是短诗，而且多为独节成诗的文本样式。这种独节诗，在艺术表达上是优劣显明的，它便于记录诗人瞬间的心理悸动和情绪波澜，同时也易于保持诗歌的完整性和缜密度，这是独节诗的优势，但它无法把纷繁复杂的情感轨迹完全呈现出来，也不利于诗人在一个开放性的空间里尽情驰骋自己的想象与诗思，这正是它无可避免的劣势与弊端。杨晓婷的《雏鸟》正是一个瞬间生活镜头的记录：“应该是大风刮落了它／小小的脑袋，湿漉漉／把每一个路过的人／都当成归来的母亲／喳喳叫着／它那么小，羽毛尚稚嫩／还不懂分辨爱和伤害／我给它喂饭粒和水／它也喳喳叫着／我愿意用一个母亲的／身份来回应它”，诗歌属于聚焦式表述，取点很小，但情感的流溢是真实而感人的，显示了母爱的超越性和无微不至。张丹的《暗影公园》在表达视角上与此类似，诗曰：“那一瞬间你理解到，黄昏的美丽在于／将永恒猛然一闭，送入了夜。／奇绝的风格，虽非自愿，却是有意。／像人们为了生存，屡屡向／生命的徒劳，倾赠爱恶和悲欢。／彼时，入夜了。／大人们将牵起散开一天的手，／孩子以无器官身体，转动彩灯轮滑。/小狗撒着欢。/老人也尝到了丝丝幸福。/你散着步，于这间暗影的公园。/轻脚轻手，如同爱穿过了人群。”同样是写一瞬间的现实感知，写出了诗人对“黄昏的美丽”的蓦然领悟。在诗情展开的线路上，两位诗人稍有不同，如果说杨晓婷是层进式的话，那么张丹的展开则是平列式的。大凡诗歌的思绪扩展和情绪散发，主要是这样两种线路。

1993 年出生的余冰燕和 2004 年出生的宝音塔米尔是本次“绽放”栏目展出诗人中的小字辈，不过她们年纪虽小，诗歌却并不稚嫩，都有自己的特色和优长。余冰燕的诗歌显示出超过年轻的冷静和深邃，对于生活的观察，对于爱情的咀嚼，对于外界的读解，她都能拿出属于自己的情感线路图和抒情表达式来，如《白马湖》一诗：“六月，我们要去白马湖走一走/答应我，到了乡间小路/你就交出坦荡的孤独//高高，你不必将自己隐匿风中/时光如此宽宏，你只需要热爱/眼前的黄昏和澎湃//你看/满湖含苞的荷花/都逼近盛开”，诗人拟想了一个情感倾诉的对象——“高高”，她要将自己胸中汹涌的爱意倾吐出来，但她并没有直接用明确的言语来宣泄这种爱之深情，而是寻找到了“客观对应物”——“荷花”，“你看/满湖含苞的荷花/都逼近盛开”，此中的深意，相信那个叫“高高”的孩子一定懂得。还在高中就读的宝音塔米尔，她的诗歌显示着浪漫的色调，诗行中喷涌着比浪潮还高的激情，也喧哗着她对人生、对艺术的感念和虔诚：“风吹过树木的声响/仿佛你的低语/在耳畔呢喃/我畏惧于去知晓你的所思所想/我畏惧于看到你的笑颜/可我趋之若鹜/真相使我惶恐/知晓了我的想法的你/是不是会就此远去？/但我爱你，比任何人，比任何/像情诗的耳语都要更加爱你”，这诗中闪烁着理想主义的光亮，也是年轻人丰富内心世界的写真。自然，这诗还可写得稍微含蓄和节制点，从而增强它对人们情感影响的持续力。绚丽的花朵有各自的绽放，也展现着各自的风华和美丽。愿女性诗人们都用分行的书写，将生命中最为亮丽的色彩、芬芳和姿容，展示出来，给世界带来越来越多的风景和奇观。

张德明，岭南师范学院文学与传媒学院教授、副院长，南方诗歌研究中心主任，西南大学中国诗学研究中心客座研究员，全国中文核心期刊评审专家，中国作家协会会员。主要致力于中国现当代新诗批评与研究。

POETRY FASHION

PROSE POEM

梅一梵

颜儿

如风

孙苜苜

高娃

给我，你的蓝（组章）

颜儿

秋天的湖泊

闪电立于黄昏前的丛莽。

生活苦累，更爱片刻的忘忧，于秋天的湖泊。

湖水中，有不可预估的蓝。也可能是水下森林的丰盛，也可能是银河系生长的力量，也可能是寂寥飞翔的岛屿。

面对湖水，你有一万种幻想与渴望；静默的灯，可能是远去的星宿，或者是故乡途经祖辈留下的废墟。

圣洁的少女，都爱与世隔离的湖水。

也有鸟群，孤舟。芦苇荡更茂密了，细雨倾斜，湖水下的鱼群，不必经历一场战争，说起远古的传说，族人都怀一颗赤子心。

湖水在一块岩石的记忆里，仿佛初生婴儿来到如雪的晨光里。青山与云团，各自寂静百年。

我喜欢在湖边的树下，静坐听弦乐。

秋天的湖水，浅草深木中，有鸟儿起飞振翅的声音，浮山如简，册页似长卷，清水玲珑的回响，落叶轻抚过水面的声音……

在城市的角落，湖水总是在偏远的一隅，让居所之外有了短暂的静怡之情。湖水中城市的倒影，如此安宁，令人沉醉。

给我，你的蓝

如果生命是蓝色的，理想的风吹开纯净的一杯。

用尽了一生眷恋，融化满身荒凉与疲惫，让我彻底爱上你的蓝。明净的一滴泪，饱尝人间百味，用来抵御后来的风雨。

世上的蓝，都有着相似的灵魂。

山河之尘，落在余生的脚步里，即使近在咫尺，也能感受到神灵祖先远古的庇佑。

那蓝，是我此后灵魂永恒的蓝衣裳。

那蓝，飘浮在许多沉郁迷茫的日子里，明亮而美好。日子之所以成为日子，从前的雪，今生的海，都是生命的仪式。对自然与命运的敬畏，必须要坚守与传承。

在青海湖，你是将要溢出，倾进天际，深藏高原的蓝。被明艳的野花黄映衬，如绸似缎，数不尽的牛羊点缀其间。

穿过祁连山，连接日月山。那蓝，蓝成干净的孤独，人间的鱼群涌入海中，海中的鱼群混迹人间。比海水更蓝的水，洗净尘世的黑。

总有一些明亮，宛如如此无形的蓝，托着白。

新鲜空气，也给了我，你的体温，你的呼吸。

在六月，盛装着边开边落的浪，像远行的人，下落不明；沧海一粟，一万座岛屿，尖叫着上岸。

给我，你修行了百年千年的蓝。一览无余的蓝，勇敢的小水滴，虚构了我，又将毁灭我。人类不该丢弃原始自然生存的本能，对万物的虔诚与仰慕，必然相安无事，彼此相伴。

我多么害怕，蓝最后消失在蓝里。世上的纯净，被世俗的眼光蔑视，我不曾看见。

那么，你的蓝，将是我一生饮不尽的雪。

云上落日

仿佛海底漫步，你只需一个人，安静接受上苍孤独的馈赠。

云上，一沙一石，一岛一孤城。这里有湛蓝的海底，喘息的云团，盛大的剧场里，落日是我们的王。

静谧天空，仿佛看到前世的自己。生命远离所有繁华文明，返回轻盈洁净的云端。有些晕眩，万物在上，生命越来越渺小。

隔屏的张望，是暂时脱开时间的缰绳，飞升而上，看落日如何沉陷海底，命运无常又无比辉煌。

远行的人，骑上飞翔的马背与从前的日子告别。

都消失了，人间喧哗，远离黑夜的呓语。云层之上，险峰无限，从万里冰川处，滑落，飞升。

有时候，猛兽张开隐形的翅膀，飞升天际，掠夺人间的血肉；

有时候，天使流光溢彩，白马奔腾，百花盛开，万物相融；

你看见了星辰大海，超越生命狭隘的抒情，它们无欲无求。

鲜红的，慢慢橙红的果汁，洒了一地。落日的海上，最美的悬崖，有一跃而起的欢愉。

海的尽头，险峻的石林，飞机上白色之翼，划过去。

天空的裂痕，那落日，仿佛抱住一枚白衬衣的金色纽扣，快要脱开你的胸腔……

把刻骨的眷恋，变成雨，打湿你走过的每一片土地。

深蓝如海

1

必然要穿越一段曲折。

这片湖，一直停留在童年记忆中。

草木丛林，向着开阔的方向。万物生长，隐藏着秘密，奔跑于朽木，枯草之上，百花轮回于湖畔。

那是黔贵高原上的湖泊，目光凝聚在湖边巨石上，似遗世孤立的岛。

浮尘吹过几千年，执着于完美，是天空坠落的蓝光。

认出风暴背后的慈悲，就读懂了故土的眼泪。

岸边细碎，湖水屏息，只有搁浅的小船适合想象。这片故土，必然有蓝色如团的烟波，云朵下众生缠绵，离合；湖水的影子，深深处，贴着性感的唇，风拉开远山的笛声。

薄暮下，风声里的呜咽，又似远逝的青春。

2

初涉世的少年，犹记浩荡的水。

那时明月洁净，鱼群沉在船底，搅动年华层层叠叠，无穷尽的梦想，等待是湿漉漉的。

无边的水，填满浅薄与空白。

翩然落水，风与云，湖中岛的哀而不伤，喜悦在初读你的水岸。

蓝如海，那时不曾见过海，却看到海的宁静与深邃。

一生需要刻骨地痛哭过，绝望与迷离的瞬间，重返水境之上，那片蓝的隐退，孤清，卓尔不凡。

3

恰如人间的重逢。

此后见到海，平静如昔。内心要途经怎样的磨难，艰辛，苦痛，从此天涯，你是海，海是你。

从少年到中年，此后余生，天涯共此时。

多少年过去了，写过太多关于海的诗。海内外的水连成一片，如此动人，内敛，在苍茫之上，又在俗世之下。

波澜在风暴中，纤纹澄澈，足够深沉，足够性感。

那么，我不能轻易就动用你的苍穹。那些无用的修辞，空洞的抒情，在故乡面前轻飘飘的。

俊逸如美男，舒朗之气，一滴见底，我看见路人，小心翼翼翻阅你的封面，暗流涌动。

4

海与湖，究竟有着怎样的牵连？

恍如祖国的万水千山，去哪里，都能找到水域之上，永恒的乐器，天生的演奏者。

因为热爱，内心有了海的圣洁与宁静。脚底的水，轻缓地回旋，如奇幻森林般玄妙。

看似平凡，那浪的水手。

果实浑圆，坐拥于狂躁的尘世间。

那蓝，有海一样的沉寂，理智的今生，激昂过，唤醒年轻的心。

于是我们想象成谦卑的鱼，抛弃人性的贪婪，软弱，狂妄，自私，冷漠。

不再惧怕生死如灰，时光的海上，万物美如斯。

5

那么，今生我在此岸，你在彼岸，我们之间，隔着销魂彻骨的蓝。

从暮春到初夏的戏剧，在蓝色背景下。

水流的边缘，有无限想象的旷野。你看人间的柔软，透明，虚幻，隔着多少年积聚的快意江湖。

蔓延的湖水，像海一样低沉。

不能低估了世间万物，那自然之笔，犹如古朴之高人，无痕地行走，无声地吟唱。

那么，你有刻骨的微光，我有今生的传奇。

从水到水，生命在一层层剥离。

最后抽身而出，凌空的别离，在水上。

我固执地，认蓝为海，不允许风的辩解反驳。

6

世上仅有一种蓝，是不够的。

空灵的调色板，短暂的纷纭，无数个我，无数的你，归宿在万顷海上。

我们都是归乡的游子，渴望回到母亲的怀抱。

寂静处的逍遥，超越了人间风月。

这片湖，我承认它只是一个湖。它在蓝中独唱，黔贵高原上的明珠，并不盲目地追随，风的马匹。

终将遗世独立。

你出世的登场，入世的无声，你逆流而上地开花，沉寂于周遭喧哗与赞美。你那么孤傲，如此主观。

钟情的依旧会重逢。

无处没有海的魂魄，你的蓝！

颜儿，原名杨燕，祖籍江西南昌，长居贵州。贵州省作家协会会员，贵州省散文协会会员，贵州省诗人协会会员，作品散见《诗刊》《星星·散文诗》《中国诗人》《散文选刊》《散文诗》《延河》《上海诗人》等。

金银铜铁与梅兰竹菊（组章）

梅一梵

金

潜伏在石头中已经多年。

沦陷在大地上已经多年。

想要从远古的洪荒时期横空出世，需跳进熔炉，让火眼金睛的火，刀山火海的火，把它从石头里，指认出来。

于是，它屏蔽呼吸，不动声色。

于是，它让火，剔除思想的残渣，身体的附属物，多余的水分。

淬火的石头涅槃成金子。

涅槃成，金勺，金碗，金条，金锭。

涅槃成，规则，章程，权柄，律法。

涅槃成，金屋藏娇，纸醉金迷，一掷千金和千金一笑。

它大彻大悟。它茅塞顿开。它醍醐灌顶。

于是，从石头里走出来的它屈从于人类最高理想的同时。

用微笑抵达虚无，用宽宥辅佐众生。

并，立地成佛。

银

它。奢华，尊贵，圣洁。

它。朴素，纯净，内敛。

你看，神秘的山寨子里。年轻的姑娘，头戴银帽子，身穿银马甲，腰束银饰带，腕扣银手镯，用银铃般的歌声，浇灌幸福，采摘爱情。

你看，美丽的大草原上。阿爸用银制的酒器大口喝酒，阿妈用精美的银碗盛装马奶子，洁白的银项圈追逐着孩童的笑声，雕花的银刀佩戴在汉子腰间。

它恬静，细腻，柔润，具有良好的延展性和反光率。

和汉字联袂。

它可以化作，白银，赃银，水银。

也可以化作，银装素裹，火树银花，瑶台银阙。

回望华夏五千年。

银，一直用它丰富的内涵，在王公贵族，宗教上层，在老祖母的耳垂，婴儿的摇篮里。

像一瓣月光，一方丝帕，一匹锦缎。

流着光，溢着彩。

铜

披一身剑戈。

劫持呼啸的马蹄，挟裹陡峭的疾风和飞沙，向我们走来。

从碑碣上，墓穴里，地宫中。郑重其事，向我们走来。

每挪动一寸。山，放下山峰。水，匍匐在地。

每挪动一寸。时间，掉过头来，重新出发。

尽管它面容沧古，锈迹斑斑。

但是，奔腾在掌纹里的血液依然亢奋，沉淀在骨髓里的信念依然浓稠。

它从远古的历史中走来，从偌大的王朝中走来，从离却和背叛中走来。

带着祖先的食器、酒器、乐器、礼器、兵器。

带着铜镜、铜鼎、铜钟、铜鼓、铜人、铜雀。

得儿驾，我的铜车马来了。

得儿驾，我的铜车马，走过去了。

走过神秘的传说，便承载了神秘。

走过庄严的时代，便携带着庄严。

多少年来。铜，一直以鼎的姿态，平衡天下；以龙的姿态，威慑天下；以鼓的姿态，告诫天下。

它怀里揣着秦皇和汉武，也揣着箭镞和子弹。

铁

可以百炼成钢，也可以恪守本分。

当它从石头里脱离出来的时候，就懂得了遵循，懂得了顺从。

为了遵循祖训，顺从自我。

它让革命先驱者，打磨镰刀和斧头；让劳苦大众，扛起大刀和红缨枪；让播种粮食的人，握紧锄头和铧犁；让怀揣初心者，掌控方向和终点。

看！

奔跑的旗帜上，前仆后继的拳头，团结在一起，向理想宣誓。

沉甸甸的雕塑上，大刀带着红缨枪，迎着战斗的号角，发起冲锋。

敦厚的黄土地上，一个农人顶着太阳，锄禾日当午；一具铧犁吆喝着老牛，躬耕天下。

原来，铁一直以革命的方式存在，以战斗的方式存在，以耕耘的方式存在。

许多年后，铁依然冷峻，依然锃光瓦亮，依然漆黑着脸。

它在蓄积。它时刻准备着。

梅

是雪的红唇。是雪的，脖颈处的一粒，裹紧春色的盘花纽扣。

是狭仄的胸腔内，一点一点，充盈起来的心跳。

是偌大的辞海里，离我最近的人间草木。

她。倚在悬崖的伤口，风的利刃。等呼哨的马蹄，披盔戴甲，扬起雪的鬃毛。等一场更大的阴谋，驾驭寒流，踏沙而来。等最猛烈的一次潮汐，轻叩，旁逸斜出的门扉。

雪，姗姗而来。

雪，影影绰绰。

雪，沸沸扬扬。

雪，铺天盖地。铺天盖地的雪，沿着她的发丝、睫毛、嘴唇和冰洁的枝桠，坠入她的孤独的陷阱。

万物萧条啊！我应该化作一堵老墙，让她，昨夜一枝开。

风声正紧啊！我应该献出三两枚鸟鸣，让她，来日倚窗前。

兰

生于幽谷。

不知道何为天真无邪，不知道何为高洁静雅。

她只晓得，鸟儿又开始发声，今天的领唱，是那只腼腆的，圆嘟嘟的，画着黄色腹羽、白色眉骨的小山雀。

她只晓得，昨夜的雨哭出琴音，瘦瘦的溪水，一定丰润起来，一定涨潮。溪水涨潮了，花朵会黏住花朵的蝴蝶，叶子会噙住叶子的露水，啄木鸟会嘣嘣嘣向另一只啄木鸟发情报。

雨停了。

熹微的阳光，沿着树冠上溢流下来。兰花笑出了酒窝。薄雾抛出妙曼的水袖，把她羞赧的样子，揽在怀里。

岁月多永恒啊！春去秋来，山还是这山，水还是这水。

她就这样，把时光染成，淡绿、淡黄、淡紫、洁白。

她在山中一朵一朵，开。开得清骨叶叶真。

我在山外一瓣一瓣，唱。唱得芬香入素琴。

竹

清明时节。

它还是一枚，包裹在蓑衣中的笋娃娃。初夏，就长成了一株勇敢的竹子。

它清雅澹泊，风来笑有声。

它劲节疏朗，弄影高窗里。

它弯而不折，折而不屈。当一股邪恶的风，冷不丁扑上来，按住它的头颅，摧残它的肉体，鞭笞它的意志。它并不急着挣扎和起立，并不急着和风形成对抗。而是咬紧牙关，瞅中时机，一个反弹，将风撂倒。

由于怀揣远方，每时每刻，它都沿着自己的征途，一寸寸往上抵达。

由于虚怀若谷，每走一段路，它就停下，让心放空，让苦难结痂。

郁郁葱葱啊！

烈日下婆娑的郁郁葱葱啊！

大雪中挺俊的郁郁葱葱啊！是我们无法抵达的高度和终点。

菊

百花都失宠了啊！

冷霜都盛开了啊！

天地莹洁剔透，凝白一片。冷峻的石头口含清霜，冷峻的草叶口含清霜，冷峻的大地口含清霜。它们被季节的腔调，勒紧声带，它们哑然，集体聆听。

聆听素素的琴声，沿着平平仄仄的曲调，将菊花的涟漪，一层一层，漾开。

菊花开了，独倚疏篱，蕊肥香艳。

菊花开了，舒展着飒飒风骨，向人间，

交出龙爪，银针；交出诗文，墨迹；交出暗暗淡淡紫，融融洽洽黄。最后，在大雪封山之前，把清甜和甘苦，交给一帘疏雨，一叶柴门。

让斗笠布衣的陶渊明，沿着老路，和秋风一起来到南山。把酒话桑麻。

梅一梵，陕西汉中人，原名谢丽荣。陕西省作家协会会员。作品见《青年文学》《星星》《名家名作》《中国校园文学》《时代文学》《散文百家》等。获《诗刊》“第二届恋恋西塘江南诗歌节”大赛一等奖，作品收录《中国散文诗一百年大系》。

花儿开成它自己喜欢的模样（组章）

孙苜苜

苜　蓿

1

我坐在紫苜蓿的旁边，那里有一个适合我的空位子。她们和我的诗歌一样散漫，有时分行，有时不分。最后一排，最后一名是我的位子。

蜜蜂总是过来，并不轻易离开。

我总是迟到，在人间徘徊，羞涩，在花间羞涩，徘徊。

苜蓿做梦的时候，诗人迪金森创造了属于诗的大草原。

我爱上了苜蓿和迪金森的草原。在诗意里生活就是在草原上打滚，说梦话。

爱从低处开始生长，充满幻想和崇拜的成分。有时那热情燃烧了自己的眉毛和别人的头发。

在苜蓿的旁边，手不用来吃饭喝水，用来爱抚轻风细雨和拥抱蜜蜂蝴蝶的组合，脸是带着花粉和露珠的，仿佛发呆的诗行躺在等待出版发行的书籍中。

2

草原在这，宁静在这，脚步停滞，本来要死去一回地恢复了知觉。

随风摇曳的苜蓿有柔而韧的腰身，小而结实的、紧密的花簇，它没听从教诲，没有长得恨天高。

也没有听彩虹的话，没有开更大朵的花，没有更艳丽，它只一心拥有更多的自由，自由的自己是苜蓿的样子，不矛盾不纠结，也是令我魂不守舍的样子。

它开成它自己喜欢的模样。开成喜欢它的那些人喜欢的模样。

是天使，不被发现，终被发现。

3

这块土地穿上了碎花长裙，阳光洒在它上面，浓密的小紫花比星星多许多倍，只给雨水留出一点点的空隙下脚。

苜蓿搬到哪里，草原就在哪里，蜜蜂和蝴蝶拖家带口跟来。

在小碎花长裙下，蜜蜂、蝴蝶生儿育女，白云做着做不完的嫁衣和真正的白日梦。

我也做着白日梦，穿起紫色拖地长裙，变成草原的一部分。

风吹来，苜蓿，没错，我用它的名字取悦自己。

马莲花

1

目测你是天秤座。

目测你弹钢琴的手指，也会弹琵琶，古筝。

贫瘠，边缘，农家的地盘上有你的身影。你无需照顾，你要挑起照顾春天荒野和人类内心荒野的重担。

“用不着别人帮它的忙”——希姆博尔斯卡说，它会自己开自己的花。

朵朵都有淡淡的幽香，和不愿轻易示人的秘密。虚掩的门。每一朵都属于春天的节外生枝。

别碰它。它因为热爱土地有极易陨落的敏感的内心和肉身。

细听它琴声中的香氛和交谈的技巧，用手指和色彩合一的指法——

2

蜜蜂有采花酿蜜的执照，蝴蝶有专门的高级形象设计师，马莲花有招魂术。

向低处的命运招手，向更低矮的小草，更不起眼的小花，儿时的乐园，伸出蓝色的柔嫩的小手。赠送蓝色的光圈。

向戏剧的人生布置简易的舞台。向开阔的正前方申请一个转弯和急刹车。

手持虚拟的宝剑，杀伐的是疲惫，哀愁，露出迷人的腰身，领舞，春天还有谁是孤独的呢？

石竹花

1

天空更加干净了。

在你开花之时，天空被洗了又洗。

小小的齿痕，是因为咬住了春天的秘密不放是吗？

还是因为你代表着的爱正向你走来？

一定是因为你爱得辛苦而咬住自己的下嘴唇。

天空更加干净了。

什么时候起那沉甸甸的重担落在你的竹节一样细的肩膀上。你于是把自己变成竹叶，柳条，剪刀，针线，甚至石头，布，只要需要。

天空透明。眼泪出清。石头坐起，天色变暗。

2

“草石竹铁肚量，能把毒气打扫光”。

通过叶子和根部吸收二氧化硫和氯化物，转化为氧气，糖，氨基酸，是不是很像母亲的厨艺。

石竹淡淡的香味，具有显著的杀菌作用。

其中的康乃馨，可以消除紧张，平息怒气，平衡荷尔蒙，是不是很像母亲的随便一只手的所为。

握住这只手，这手里应有一枝鲜艳的康乃馨。

蔷　薇

1

整个五月都是蔷薇的。

从一朵到几百朵，不费吹灰之力，覆盖一面墙或一条小径，只需五月的阳光和雨水。

整个五月都是蔷薇的。

暖从蔷薇体内散发出来。本以为，少女与花朵会把爱藏在衣袖里，针眼里是寻常的事儿，而蔷薇这美丽的少女，把爱拱手相送。

递至你眼前，脚下，风一吹，送到你额头。

大大方方的爱是五月免费配给的，是向你倾斜过来的一支叫蔷薇的诗。

2

这一团团的蔷薇花朵是给五月最好的礼物，是给园丁的最好的酬劳。

是用美给世界打开的一扇窗户。

我不是蝴蝶，可是我飞进那扇窗户，在蔷薇的花房里上下翻飞，沾一身花粉蜜汁。

蔷薇的怀抱里，有温暖的电流一再通过。

它有能力让荒原变成天国。让孤独找到回家的路。

她是小倩吧，那么美，一呼一吸，在山野荒地与小径柴扉处等你。

孙苜苜，曾用名孙艳秋，河北省承德市人。曾在《诗选刊》《诗歌月刊》《诗潮》《散文诗世界》等发表作品，入选《部落格·心灵牧场》《中华美文·新诗读本》等文集。

那拉提，一场风与雪的遇见（组章）

如风

那拉提，一场风与雪的遇见

风吹着雪。

风吹着云。

风吹着白茫茫的人间。

那拉提巴音赛，风，吹响着冲锋号，雪以凌厉之势狂扫着原野。这疼痛的雪，似千军万马扬起了时光的尘埃！

云！

云，也是风扬到天上的雪！

天不动，地不动。

山不动，雪杉不动。

风在狂舞，雪在狂舞。

群山之巅跌宕的，那不是云，也不是雾。

是风与雪在高处的厮杀。

风吹着雪。

我的心里也漫卷着一场空前的风雪——

啊，我半生的光阴，被一场风雪急急追赶着，不能喘息，不能回头。高高扬起，又被命运重重摔下！在那拉提巴音赛，我和我的中年，与一场风雪遭遇。

在那拉提，生命中所经历的一场又一场的风雪全部出场，骨缝里所有的寒冷在这里集合。

所有的，所有的悲怆在这里呼号！

那拉提啊，一场风暴吹散了我陈年的疼痛和积雪，翻过前面的山梁，你会看见我莲花般的微笑和安详。

风雪之后，万物将重新命名。

这些年我离你越来越远

这些年我忙于行走，却离你越来越远，故乡！

我忘记了回家的路，不是因为那条经过三角庄和桃花镇的路年久失修。路边杂草丛生。

你看那芦苇和红柳是故乡上了年纪的老人，日日站在大路边，木然地张望着。

我仔细辨认他们，试图寻找往昔，他们却早已忘记我这个游子的模样。

我忘记回家的路，也不是因为早先那一到冬天就从裂缝处漏风的土坯房，摇身变成了一砖到顶的新房，阳光下那么新鲜陌生。高高的院墙阻隔了旧日的时光。

院子里，一小块地上青翠结实的蔬菜是我不认识的。甚至，还站了几株异常茁壮的棉花，威风凛凛的架势。屋里出来那个说着甘肃话的年轻女人，警惕地打量着我这个冒失的外人。

啊！故乡，流淌在我血液里的故乡。

我温暖的童年和迷茫的青春已无家可归，靠近你却让我这个想着故乡，心热了又热的中年人不知所措！

我分明看见月光下父亲在空旷地劈着柴火，小路上那个背诵课文的黄毛丫头，是我，泥巴棚子下卧着我心爱的大黑狗，摇着尾巴看着我来来回回地走。

而黎明时分，母亲起身抱着柴火进屋，炊烟热热闹闹地升起，一天的日子开始了。

我怎么能够忘记，我的故乡——

母亲去世后，父亲时常孤单地站在没有院墙的房头等我放学回家。我，是父亲一辈子的盼头。而曾经住着父亲母亲的土坯房里透出的灯光，则是我携带一生的温暖。

我怎么能够忘记啊，我的故乡！那些记忆是扎在心头的一根刺，永远不能拔去，永远不能碰。

啊！故乡，流淌在我血液里的故乡。

这些年我离你太远，只因为回去，你已不再是你，故乡……

这人生，我要慢慢享用

拥挤、冷漠是城市的表情。

那么多的车辆，和来来往往的人，还有，慌慌张张的日子急匆匆从身边滑过。他们都在追赶自己的明天。

那么多的日子。那么多的岁月。像一阵风呼啸而过，说走就走了。

我的童年，我的青春年少，都在来不及规划时就走了。匆忙得像一场山里的雨。

一些花苞在骤雨中枯萎，一些新绿在风雨后抽芽。

匆匆忙忙中，一些温暖过我的人走散了。一些疼痛渐渐麻木了。

在风尘仆仆的往事里，我发现我两手空空。

这往后的日子，我要放慢我的脚步，放慢生活的节奏。田园生活，静静阅读，养几盆花草两尾小鱼，都是我所需要的。

还有，背着包上路。路上的一些风景一些故事，或者一个透明的笑容，也是我所需要的。

这日子就像秋天里熟透的紫葡萄，我要一粒一粒慢慢地品尝。

这日子，我要缓缓地过。

这人生，我要慢慢享用。

我爱着这早春的荒芜

1

如果一定要说说春天，就让我说说春风。

早春，边塞的风乍暖还寒，伊犁河还未从漫长的冬眠中苏醒。而江南，已是梨花谢了桃花开。

一场大雾弥漫伊犁河北岸，英塔木天鹅湖的野天鹅，轻轻泛起春的涟漪。这时候，你就在我近旁，眼里溢满春天。

2

是的，我要说的，是这早春的荒芜。

积雪融化。大地裸呈出初始的面目。而春风，总是先绿江南岸。

在西北，一年得有长达半年的萧瑟，对此，我欣然接受。

我爱着这早春的荒芜，就像爱着四季分明的故乡，爱着隐藏在几根白发里的陈年，爱着越来越清澈的余生。

如风，本名曾丽萍，作品散见于《诗刊》《星星》《诗选刊》《诗潮》《作家》《文学港》《雨花》《绿风》等多种报刊。作品入选《中国散文诗人》《中国年度散文诗》《中国年度优秀散文诗》《中国散文诗精选》《世界华文散文诗年选》《中国诗歌散文诗年选》等多种年度选本。

树一夜白了头（组章）

高娃

暴风雨来了

我闯进一个秘密，是雨水和湖水的秘密。芦苇，在太湖的邻侧一汪池水边许久地伫立，等待我，告诉我不要靠近。

而我，却倔强地踏上了太湖的堤岸。

此时，雨水从空中走来，急促的脚步声，催着风的速度，湖水飙起了高音。柔美的太湖跳起了六月的摇滚。它们热切地邀请我。

看，热恋的青年倚靠着栏杆，湖边多了烧烤的青年，一场情绪的乐音徐徐进入。

这是一场大自然的交响曲，喧嚣着水的力量！

我手捧着水的面孔，走进胡杨路，今夜注定会有一个梦的故事……

树一夜白了头，与我头上的白一样

无风的日子，树上挂满了夜的温度，一树树白，在一朵云连着一朵云的幕布中，做着水墨的写生。还能听到一树树绒花在晨起的浓雾中，发出娇喘的声音。

树，一定在暗夜中与星星和月亮度过了盛大的Party，还未卸妆的枝头，有着狂欢后的倦怠。如忙碌了一年的人们，在年会中才有的精致。阳光总是那个最懂树的人，是冬季最贴心的知己，常常躲藏在云层后，让人们欣赏树的光芒。

路上的雪花，被夜晚的欢笑消耗掉了白净。清洁工人，阻断了雪花探知城市的欲望，将它们堆叠在一起，成为一个臃肿的废弃物。水泥路面的雪花，被现代化的机器碾压过无数遍，早已失去了本真的样子。车窗外的雾模糊着城市的钢筋水泥，像是小学生的作业本，被橡皮擦了一遍又一遍。

我蜷缩在车厢的一角，沉默着焦躁。车轮掠过素颜的田野，依然皑皑一片，深深浅浅与雪花相拥，像是一杯香茗，弥漫着茶叶的笑靥。透过挂满银花的枝桠，蓝加白的清爽，清洗着口中积攒的陈浊。

多久没有回过乡村了？我不禁轻轻自问。

雪，又来了。昏黄的路灯下，一片一片，轻盈自如。我用睫毛接住了一片，沁凉中慢慢融化，去掉身上越长越厚的茧。

在冬季来临时，片片飞落。

这个冬季，雪一场又一场。

树一夜白了头，与我头上的白一样。

目送中只有老去的光阴

首都机场盛满了欢乐与泪水。大写的 E 划出了一条浅浅的界线，象征中国身份的证件终止了作用。护照推开了英语的大门，与母语不同的文字成就了另一段行程。

一场结束只是另一场的开始。从内蒙古到武汉，如今又要远渡重洋，去往北欧的一片天地。

你的目光打磨出生活的笃定。拭去如雾的泪痕，紧紧地一抱，从此，烙在了心尖。

此时，细雨如愁，淅淅沥沥走过了正午，水淋淋的水泥城市，顿时无趣成横竖的两条街道。你的白昼有了 30 个小时，生生比我多了 6 个小时。而我，也陪伴着你，生生长出 6 个小时。

我在网络中寻找着你，那里爬满了亲情。Wi-Fi 像是神奇的暗号，将语言的张力无限拉大，浸润着满足。我只是你左边的语言，右边多了拉丁语系的字母，语言在转头的一瞬，如开关般切换。我很想知道：方块字在某一天会成为你的思念吗？

而我，越来越缩小着占用你生命的比例。此时，好想成为你屋顶上的那一盏灯，可以彻夜轻抚你的发丝；此时，多么羡慕，行走大地的风，可以追逐你的身影，可以倾听你的呢喃，可以停留在你的身边：看着你在厨房中的忙碌，看着你在屋中的苦读，看着你骑车的身影，看着你开怀地大笑，看着你考试的忐忑，看着你新的朋友，看着你课堂上如饥似渴的眼神，看着你讨论的认真……

你告诉我：第一次考试与满分相差0.5，第一次讲解PPT内心紧张，第一次写报告的无绪，第一次烧坏了新电饭锅，第一次和同学在咖啡店喝咖啡，第一次做电影志愿者，第一次的样子渐渐明媚了起来。年轻就是这样相遇着第一次，陌生着美好，达成着生命中“千百度”的寻找，让你的双眸看到世间的美。

感恩上苍，让我们有了最亲密的称谓。即使，现在的我泪水涟涟，但目送中只有老去的光阴，而无其他。

你的春天就是我的春天

东湖一如既往地热闹，花瓣从天上铺到了地上，如少女般的浅粉，带着白色的梨花、黄色的油菜花，层层装扮着山峦。一切都是记忆中的样子。

红色的衣裙，从沙漠中跋涉而来只为樱花的春色。落英缤纷的景观奢华着不远千里的流光。幸福地使用着等同于武汉市民的学生公交卡，品尝着精心准备的户外食品，置身于樱园的阳光下，细碎的生活便有了五彩的样子。

与你并肩站立在黄鹤楼上，唯有长江天际流的豪迈顺着龟山的方向有了阔大的声音，木质的楼梯千年的影子便有了我们的足迹。还记得雨中徒步长江大桥长路的漫漫吗？

但我更喜欢南湖畔，黄昏中散落的点滴。有你，将一个与人相撞、口鼻流血的学弟送到救护车上后，匆匆上课的脚步；有你，在图书馆的一棵高大的树木下，苦读英语时口腔中溃疡的唏嘘声；有你，在实验室的灯光中凝神，优秀毕业论文的掌声……

四个365天，百度云将昨天一一铺陈出来。一颦一笑中，倒退着时空。

此时，多想抱紧远行的你。夜风沁凉，泪水不自觉地滑落，满脸的湿凉。一瞬间自豪于你的坚定与淡然。

软弱地活着，逃跑地活着，慌张地活着，如常地活着，无数种活着，一瞬间让我质疑活着与死亡，到底有多远？生命很长与很短，又有着怎样的经历……

樱花开了，黄河还是冷冷的，残留的冰块漂浮在河水中，已无冬日的挺括。天鹅鸣叫的声音划过天空，它们悠然自得地享受着春日的明媚，雪白的身姿与蓝色的河水在春风中应和着。

母校开始为招生忙碌着，远在异域的你为专业拍摄了一个招生视频，希望的种子如约放在莘莘学子选择的档位上。这个城市经历过别的城市不曾经历的故事，起起伏伏中，让生活在这里的人们有着不同的气息，尤其是面对困难时的淡然，他们有着自豪的资本。

你说，你那里的春天来了，百花开放。是的，我这里的春天也来了，桃花吐出了花苞。

你的春天就是我的春天。

高娃，女，蒙古族。1972 年生。出版个人散文集《阳光下的苏鲁锭》。作品入选多个选本。现居包头。

煮酒

POETRY APPRECIATION

wine-warming

灯灯

现居杭州。
曾获《诗选刊》2006年度中国先锋诗歌奖、第四届叶红女性诗歌奖、第二届中国红高粱诗歌奖、第21届柔刚诗歌奖新人奖。
参加诗刊社第28届青春诗会。
出版个人诗集《我说嗯》。
2017年获诗探索·华文青年诗人奖，并被遴选为2018—2019年度首都师范大学驻校诗人。
诗集《余音》入选中国青年出版社小众书坊“中国好诗第五季”。

南方狐

原名胡翠南。
曾用笔名南方，南方狐。
出版个人诗集《重蹈覆辙》。
现居厦门。

诗歌是修行

南方狐 VS 灯灯

南方狐：还记得吗灯灯，我们之间有个“永远十八岁”的梗？每次相聚都是那样热乎乎的，蒸腾着欢乐的笑声。不论是“自己坏掉的女人”还是“骚人”，我们都在尽情享受着诗意时光。然而时间总是不近人情，在许多未见的日子，我们都在悄悄经历着各自的生活。但幸运的是，我们仍然各自写着，并始终相互关注。近年来你已获得无数奖项和荣誉，真为你感到高兴，我想知道你的心路历程，你的写作和生活是相融的吗？是否也曾有过冲突和矛盾？

灯灯：狐狐好。没有想到多年后，我们以访谈的形式，重温了我们共同走过的岁月，一起写诗的岁月，友情的岁月，激情的岁月。谢谢你唤起我久违的深情。

这就好像有多个我，分别站在2006年，2007年，甚至更远……在不同的时间和空间之中穿梭往返，在嘉兴，在厦门，在雁荡山，在不同相遇和相逢的时间点……就好像我们再一次回到那个夜晚，鼓浪屿的波涛在你的歌声中沉醉，而它们更微醺的时辰，是因为诗人银兰借着月色，倾倒了一杯红葡萄酒，她要请鼓浪屿的海水同饮一杯！她要让四面八方赶来的波涛和朋友们一起疯一起笑一起闹一起流泪！

而那是多么珍贵的岁月啊狐狐。我们有那么多的好姐妹，一起写诗一起成长，有小茶，小美，银兰，祝俊，我们都是“自己想坏掉的女人”，青春，激情，梦想，迷惘……因为诗歌，我们从祖国的四面八方，聚到一起。我们可以在夜里攀登日光岩，为了更早看到日出和黎明的到来。我们也可以清晨出发，去看一朵雁荡山的桃花……

多年以后，我知道我的诗歌是从那里走来的，一路跌跌撞撞，一路“天地间自有抚慰的力量”（你的诗句），我更知道精神的蓬勃与朝气的力量，和它可能创造的奇迹。因此，我会说一直会说，狐狐永远十八岁！当然，我也是！“永远十八岁”当然是个象征，犹如海上的灯塔照耀着茫茫人世，它的悲欢离合，颠沛流离，也照耀着我们自身在尘世的行走，其中的勉力和愿望自然不说，我们都深深知晓。

说到写作和生活，我没有感觉写作和生活是冲突和矛盾的，博尔赫斯曾说：“诗歌或许是生活最本质的部分。我并不觉得生活，或现实，在我之上或在我之外。我即是生活，我就在生活之中。而生活的许多事实之一，即是语言、词汇和诗歌。”我比较认同这个观点。

南方狐：我们不妨从你的第一本诗集《我说嗯》说起，这本诗集共收录了 151 首诗歌，其中不乏写作上的微妙变化，你似乎已经听到内心必须革新以往写作经验的诉求。第二本诗集《余音》出版，你已经进入到非常成熟的黄金写作期，这两本诗集，从轻盈到深沉，你一定有着许许多多深刻而复杂的生命体验，它对你的写作具体产生了怎样的影响？是否曾改变你的人生？

灯灯：《我说嗯》出版于 2010 年，《余音》于 2019 年出版。两本诗集，中间跨越了近十年。这其中的变化，是生活的，也是心灵的，更是写作的。确切地说，是我对“存在”就是“互存”的领悟过程。人的命运有时很奇特，这几年我从浙江嘉兴，到湖北武汉，再到北京生活，最后回到杭州。几乎是转了一圈又回到了原点附近。然而这种生活在“别处”并由一个个“别处”所构成的生命体验，它相似又不同。它直接参与、引领和呼唤着我的写作。

在北京首都师范大学当驻校诗人的一年，对我的写作帮助较大。那时我一边在学校上课学习，一边在《诗刊》社做兼职编辑，在此期间，写下大量的诗歌，这些诗歌所呈现的精神探寻和追问，更是我在这个阶段的思考，和试图突围困境的努力。

《余音》诗集里有几首诗，是读者较为熟悉也比较喜爱的，比如《我的男人》，比如《看叙利亚盲童在废墟上歌唱》，它们分别对应了我在武汉和北京的生活。细心的读者或许能发现，和诗集《我说嗯》的轻盈不同，《余音》是一本沉重到更沉重，并从沉重中获取力量的一本诗集。

我并不认为目前已经进入到非常成熟的黄金写作期，不不，相反，我对我的写作充满了怀疑和羞愧，这也正是我近期在一篇创作谈中所谈到的。这种感觉会让我想起古希腊哲学家芝诺“知识圆圈说”的故事，一个人了解的知识越多圆圈的周长就越长，就会感觉无知的部分越多。写作也是如此，当我走在诗歌的路上，越是往前走，就越是感觉还很远啊，越是往前走就越是感觉永无尽头，这种羞愧反过来也一直激励着我前行。

当然，仍然是要感谢狐狐，这份珍贵的，来自朋友和同行的鼓励。

对于这两本诗集，想说的是，如果说写《我说嗯》的灯灯还以为一生很长，那么写《余音》的灯灯，是已经知道我们现在每一天，每一个时辰，都是持续地与人、与事物说再见的中年灯灯了。我以为，生命体验都会最终变成生命经验，它无时无刻不在影响我的写作，反过来也是如此。它一次次让我审视自己，了解自己，了解由我和他人共同构筑的世界……并尽可能贡献我作为一个诗人，对所有生命的暖意和善意。

南方狐：童年和故乡是我们每一个人的记忆宝库和写作原风景，你的童年对你的成长是否有着非同一般的影响力，在写作上是否存在“传统”的意义？

灯灯：人的语言中包括不可避免的传统。我们写过的诗，我们走过的路，我们的生活，哪一个不在传统中呢？事实上我以为，传统也好，先锋也罢，甚至是我们现在比较喜欢说的“现代性”，并非存在绝对意义上排斥的关系，换句话说，传统也曾先锋，也具有某个阶段的现代性。历史的长河是这样流过去的，人类的文明也是这样走过来的。说到写作和传统，无非是写作承担了一部分见证和破坏，并重新在文字中建立了新秩序。

我记得默温曾说过，人的时态其实是过去式的。因为过去已经发生，不可修改，所以是完整的。包括我现在写到的这一句，事实上也是过去了，也就是说，过去才是永恒的，而人其实无时无刻不在回忆。

童年和故乡作为生命的起点，自然会对一个作家（诗人）产生持久而深刻的影响力，无论是马尔克斯的《百年孤独》，还是莫言早期的作品《透明的红萝卜》，都可以看见童年的场景再现。

对我而言，童年是精神的原乡和坐标，所有人的童年和故乡几乎无一例外不可重来，都有宿命消失的悲剧性。而当我以不同阶段的成人经验去张望，悲伤、愤怒、欢乐，通过各种变形、凝聚和汇集，就变成了诗歌。

我早期写下过大量关于父亲的诗歌。事实上从我记事起，就未见过父亲。在我两岁时离世的父亲，和故乡一样，事实上都是模糊的。因为没有父亲，我所感知到的人间冷暖，或许比一般同龄人来得早一些。但正因为此，因为残缺反而显示出精神意义上的清晰、倔强和明亮。从这个意义上来说，童年所给予我的，是反作用的力量，这也是我的诗歌和生活中暖色基调的来源。

南方狐：灯灯，你觉得诗人有没有精神内核，是什么？诗人与他的作品可等同吗？

灯灯：这个问题感觉好大啊，有点不知从何说起的感觉。以我的社会认知和在自然行走的经验来说，我以为不止是诗人有精神内核，所有存在之物都有精神的属性，都有支持存在的理由和内核。

目前我们所处的时代，可以说是后工业化和网络时代信息爆炸泛滥的时代，它或许比任何一个时代，更考验诗人的判断、良知和信仰，考验诗人的担当，考验诗人是否对时代发出真实的声音。

尽管以我们目力所见，有诸多的不尽人意和遗憾，但我仍然看到很多同行和前辈，在努力维护诗歌的尊严，他们仍然在诗歌的路上坚守和前行。

前不久看见雷平阳的一篇文章：《我们的写作现场，谦卑教养已经少得可怜》。文中提及：众多的写作者，无论以什么为写作对象，有意识或无意识的，总是在写作的过程中，将笔触转向自我，“我”总会跳出来发表观点，只有“我”没有他物，诗作也因此千篇一律。

这段话对我触动很大，也唤起我对诗人精神内核的思考。我也以为，一个诗人的精神内核，不是别的，是担当。是一个诗人对生命苦难和真相的担当，是为生命代言，是为那永不磨灭的精神亮光发声。

同时，我并不认为，诗人与他的作品应该等同，一个坏人也可能写下好的诗歌，一个好人也可能写下令人不屑的诗歌。我们的世界从来不是一个二元对立的世界，诗歌也从不是简单的属性认领。

但我仍希望，我能不断去走近诗歌的内部，接近我在尘世中没有做到的所有，包括赞美、愤怒、温暖、爱，和希望……

对我来说，诗歌是修行，是我不断在生命中出场认领自身，并永远愿望朝着光亮处寻找的过程。

南方狐：你是否熟读国外诗人作品，他们与国内诗人作品相比是否具有明显区别，你是怎么看待诗歌翻译的呢？

灯灯：近几年我较为集中的读了一些外国诗人的作品。比较喜欢的有博尔赫斯、默温、施奈德、米沃什、史蒂文斯、吉尔伯特、沃尔科特等等。如果要说区别，我对国外诗人到了晚年持续的创造力、从容、平静和永不磨灭的激情感到惊叹；对他们处理宏大主题所表现的智慧和人类视角致以由衷的敬意。一些大诗人，他们淡泊名利，孜孜不倦地对生命本身的冒险和掘进让我汗颜。他们让我看见，苦难永无止境，而诗人良知的焦灼和赤子之心的搏动都化为笔下的诗行；更让我相信，诗歌是人类的、心灵的事业。

博尔赫斯曾在《金黄的老虎》序言中说："我们不能对一个上苍已经使他年届七旬的老人抱有很大的希望，他不过是熟悉地掌握了某些技巧，偶尔有一点小的变化，而更多的是老调重弹。"其中的谦卑和教养，真是令人羞愧啊！

2020 年的诺贝尔文学奖颁给了美国女诗人露易丝·格丽克。格丽克的获奖，也一度引起人们对翻译诗歌的争议。回到翻译诗歌的问题，新诗百年，诗人对国外诗歌经典的借鉴是显而易见的，对翻译诗歌的认识，或许也应多一分包容和期待。

南方狐：2020 年注定是不平凡的一年，对于你的写作来说，一定有着非同一般的意义。你提到波伏娃所说："我和所有人一样，一半是同谋，一半是受害者。"那么，你今后的写作一定有着更加清晰的路径，因为思考决定了你的方向。可否用一个词或一句话概括一下？

灯灯：2020 年对整个人类，都是灾难性的一年。疫情时代，是热泪、热血、生死、良知和正义共同浇筑的纪念碑。它也像一个巨大的照妖镜，照见自身，照见我们的人性。

对于这个世界，我或许从未做到我自以为的善良、仁义，和慈悲。我也一定是同谋，参与了这个世界的所有，种种。包括冷漠、自私，和遗忘……

但作为一个诗人，一个真正在生命中行走的诗人，他也一定会遭遇当头棒喝；一定会在闪电和雷鸣的轰响中，追问自身：对于这个世界，我们做过些什么？

我们做过些什么呢？当我们希望世间变得越来越美好，当我们渴望光明和温暖，当我们明哲保身又希望英雄从天而降，我们做过些什么？

对于伤痕累累的地球，我们做过些什么？当鲸鱼集体搁浅自杀，海象找不到食物走投无路跳崖，北极熊在唯一漂浮的冰上紧搂它的孩子，穿山甲为了活命钻进更深的洞，考拉紧抱着大火中的树枝不再相信救援的人类……

当蝙蝠迁移，蝗虫越境……我们做过些什么？

而所有，我们所经历的一切，它也重新让我审视自身，这种审视，是审判，是觉醒，是领罪。

如果一定要用一个词，或一句话来概括，我想说的是，向死而生。

它也注定会落到诗行之中，成为我对生命的思考、反叛、珍惜，和感恩。

余　音（组诗）

灯灯

余　音

乐曲离开它的乐器。余音里有溪流
有险峻。溪流清澈
悬崖陡峭，迎客松上的落日，鸡蛋一样
揣在谁的怀里
一个人要在天黑前卸下容颜，一个人
要在余音里，完成未竟之事——
再爱一次，痛一次
颤动一次
一个人要在余音里
向低音致敬，带着苍茫上路的人，听见了
余音未了
多么悲伤：乐曲离开它的乐器。

红的问题

和我一直争执的柿子树
把红的问题，举到天庭，把落叶的问题
交给大地
我一辈子都在想，这么多
落叶，那么多落叶，每一片
都在风中
有一颗颤抖的心
每一片落叶，都向死而生，我蹲在地上
仔细端详，它们

也用同样的怜悯，望着我——
我眼睁睁看见自己，被风吹得到处都是：
柿子树红啊，它依然
——这么红

把红的问题，举到了天庭。

我的男人

黄昏了，我的男人带着桉树的气息回来。
黄昏，雨水在窗前透亮
我的男人，一片桉树叶一样找到家门。

一年之中，有三分之一的时光
我的男人，在家中度过
他回来只做三件事——

把我变成他的妻子、母亲和女儿。

石　头

石头不会说话，一说话
就领到崭新的命运：或滚落，或裂开
挖土机开到山前
采石场彻夜不眠
这一辈子，我和无数石头相遇
看见过它们的无言，以及无言的复制
这么多石头，那么多石头
分成很多块，一样奔波，一样无言
一样在无言中
寻求归宿
很难说，我是哪一块石头
这么多年，我在外省辗转
我看见最明亮的石头

是月亮
我看见月亮下面，山冈，河流，房舍
各在其位
各司其职
是的，是这样
就是你想的这样：
碑石寂静，而牛眼深情……

小　鱼

岩石撞击溪流，溪流不死。
昏厥的小鱼
在第二次昏厥中，又长了一寸。
我目睹山崖上的山花、蚁虫、蟾蜍
一个接一个跳下来
我目睹蝴蝶挣脱救援的手
跳下来
这些走投无路的生灵，我怀疑它们
也藏有一张人脸，也有一颗
愤怒的心，也把比死更难的活路
留给人间：

——溪流不死，小鱼在昏厥中
又长了一寸。

蚂　蚁

蚂蚁在镜头里
捶胸顿足，我要把镜头放到更大
一只更小的蚂蚁
才会出现，蚂蚁在我的镜头里
悲天抢地，直不起腰
更小的蚂蚁
在它身旁，一分为二，如果蚂蚁也有眼泪

那一定是
母亲的眼泪，一定是母亲
怎么呼唤
都没有应答……
如果我把镜头放到最大，我就会看到
一张人脸，我就会看到每一天

……每一天。都有一张相似：
悲伤的人脸。

手指在散步

星辰在屋檐上散步。我的手指
在你的五官上散步。
雏菊的香气，从小巷的深处
来到窗户
我的手指在你的鼻梁上散步，它已
成长为高山，内部
无数树木在生长，它们和夜晚一样黑
一样黑的它们，长不大也在生长
不见阳光，不见阳光也在生长
我的手指在你的唇上散步，很久了
它失却了它的语言
飞不出去的鸟，在你的喉咙里扑打冬天
我的手指来到你的心口：
这里，刚刚熄灭一座火山。

拥　抱

我的母亲从不知道拥抱为何物
她没有教过我
和最亲的人张开双臂，说柔软的话
她只告诉我
要抬头，在人前，在人世……

她说，难过的时候，就望望天空
天空里什么都有——
到了晚年，我的母亲开始学习拥抱疾病、孤单，和老去的
  时光
开始
拥抱她的小孙子——
有一次我回去，看见她戴上老花镜
低头翻找她的药片——
那时，天边两朵云，一朵和另一朵
一朵将另一朵
拥入怀中
仿佛这么多年，我和母亲
相互欠下的拥抱。

非洲鼓

鼓面每拍打一下，便能
从中，听到一只豹子的哀叫
雄性，或者雌性的豹子
一次次，在鼓声中跑动起来，鼓面
长满茸毛回到它的身体
如果鼓声欢快起来，一只豹子
正穿过非洲的热带雨林
跟随它的，不是我的手指
不是雨点
不是月亮
不是贫穷的风不是人类，更不可能
是猎枪——

一定是它的亲人
左边，或者右边

那时，我在地球的这边：
还没有通过
一只非洲鼓，了解它的一生

异乡人

我不会说上饶话
不会说嘉兴话
不会说杭州话
不会说武汉话
不会说北京话

这些地名，都是我生活过的地方……

父亲，我在上饶
在你的坟前
我把《我说嗯》给你看
把《余音》给你看

火苗在朗读，我不知道
你是否听得懂

因为你从不在，这些年
我四处辗转
把石头看成月亮，把月亮看成
最深情的石头

你一直在。

我什么话都不会说，什么
也不想说

麦田青，火苗红
中间的沉默

是我……要和你说的，心里话。

采风

Collect folk songs

Poetry appreciation

刘基故里诗画行

文／娜仁琪琪格

文成秋色好，山水皆诗画。我们为采撷诗画而来，致敬山河大地，致敬大自然的慈悲与垂爱。

2020 年 10 月 21 日，诗人、画家们从全国各地出发飞往文成，傍晚的余晖拉下了夜幕，除了少数的两三位还在赶往文成的路上，大多数人都在新老朋友的相见中一片欣喜。友人相见之欢，自不必言说，文成以热情、真诚为远道而来的朋友们接风洗尘。

说到接风洗尘，确实很是应景，最先知道落雨的应该是文成的泗水河吧。昨夜晚宴后，一些诗人已按捺不住心头的期许，也是唯恐浪费了宝贵的时光，走出宾馆沿着泗水河散步，打开了自己的肺腑，吸纳了独属刘基家乡的气息，欣赏了山城水城的文成夜色。清晰的雨声敲打在窗棂，让我对翌日的开幕与行程有了些许的担忧，而凭我这些年来积累的经验，很快又消解了不安，笃定地在心中默默祈祷，祈愿上天的垂爱。本次活动最操劳、费心的人自然是作为东道主的文联主席慕白，要说这些年的文成名闻遐迩，当然来自文成领导对文化事业的关怀与高瞻远瞩的战略思想，而为此做着具体工作的人是文联主席慕白，这自然也得益于他的诗人身份。在文化品牌上文成有两棵丰茂的梧桐树，一个当然是横跨明清两朝的政治家、思想家、文学家刘基，另一个就是当代诗人慕白。文成有两条金子品牌的广告语，一是“诗里梦里刘基故里，山城水城自然文成”，

另一条则是“好诗人都在赶往文成的路上”。前一条我不知道是谁提出来的，后一条我知道是慕白为文成打出的招牌。诗人们经常看到他在微信上亮出这道旗帜，这些年也确实有一批接一批诗人、作家慕名来到文成，而另一些诗人、作家则或是正在赶往文成的路上，或是正在期待前往。

每做一个活动，有诸多的细节需要考虑，否则就不能顺利向前推进。为此，慕白带领着他的同事们做了大量的工作，比如在时间上的安排，尤其是清晨的早餐与行程时间，他都是叮嘱在了前面，不容任何人忽视。10 月 22 日清晨每个人都提前上了车，等待在文成阳光大酒店的前面，从温州驱车而来的宝蘭，也在出发前提前赶到与我们会合，为此，我牵挂着的心，踏实了下来。采风的队伍准点出发赶往玉壶镇，去举行诗画节开幕式。从酒店出发时，雨已经停了，在行进的路上又来了，只是没有了昨夜的阵势，而是淅淅沥沥的，等我们到了玉壶，微雨落在了走下车来的我们的身上，秀丽的玉壶就氤氲在微雨迷蒙之中了，开幕式也就在这场微雨中拉开了序幕——这可真真的是接风洗尘了。后来听说，这原来是一场人工降下的微雨。

开幕式结束后，在玉壶镇党委书记王荣华和慕白的带领下，诗人画家们深入侨韵玉壶国际慢城采风，走访了玉壶水巷炊烟、西山寨、玉壶国际化旅游风情街和芝水街，在那里大家都放慢了自己，坐下来细细品味来自意大利的纯正咖啡，细小的勺子在小小的器皿中轻轻搅拌、晃动，时光开始芬芳起来，在生命中弥漫。在玉壶镇吴垟村，诗人、画家们被收割后站立在稻田中的稻草堆吸引，仿佛一群从远方飞来的鸟儿，欢喜地落入稻田，围着依然弥漫着醇香而渐渐萎黄的稻草拍照，那欢喜的样子，真是像鸟儿雀跃在田间。的确，诗人是特殊的群体，仿佛是被上苍宠爱着、一直没长大的孩子，

只要有了机会，那个躯壳里包裹着的孩子就会跑出来，天真无邪地融入自然，融入当下。来到国际慢城诗歌俱乐部，大家又马上找到了一种新的感觉，有一种想坐下来在这安静的，亦有些古远的时光中写诗、画画的愿望。

画画的时间自然是有的，提前已经安排好，这次的活动，和以往的所有诗人采风活动都不一样：不仅仅是寻找写诗的感受，还有与画画的色彩相逢。所谓诗情画意，我们这次要在践行中落实到纸张与画布上。是的，我们为采撷诗画而来，为了那震颤心弦的感动。中午在玉壶用过餐后，我们一行人赶往山一角，下午要在那里作画，23 日的清晨还要在那里登山，观看壮美的日出。

大概是在下午三点我们到达了山一角的云顶山庄宾馆。在宾馆刚刚安顿好，大家便顾不上疲劳，从各自的房间走出来去采撷素材。云顶山庄宾馆坐落在群山环抱中，在盆地里显得安然、恬静。虽是秋季，这里依然绽放着很多黄的、红的、粉的花朵，蜿蜒着的碧绿的湖边栖息着几只白天鹅。我们顾不得细细打量眼前的事物，一心想看到山峦的远方。此时海男、花语、暖玉、布木布泰，还有《诗歌风赏》的美术编辑苏继华和我相遇，我们沿着木质栈道向前走着，在林木的茂密、蓊郁中来到了观景台，眺望高山辽远，层峦叠嶂，这时我们看到正

对着我们的最高山峰是白岩尖。“白岩尖属于青田管辖，因山顶呈白色，岩尖醒目故得其名。它被认为是具有灵气的地方，山顶岩石耸立在太阳的照射下总会散发阵阵白光，而白岩尖上更吸引人的是四季翻滚着的云海。站在观景台上，游客会被眼前翻滚着的云雾所震惊，让人仿佛置身于仙境般，天气晴时，白雾有所消散，便露出青翠色的层层叠叠的山峰，美不胜收。”通过此段文字，我们便了解了“山一角”的由来。正在感受眼前的一切时，听到有说话的声音由远而近，来到我们面前的是慕白和李青萍，又是一番合影留念。想到下午要画画，而且属于画画的时间是有限的，就不敢再往高处爬、往远处走了。说着“走了，走了，回去画画”，我的眼睛却还是打量着山上的风景，脚步也不由自主又向角山顶凉亭的方向走去，这时我透过林木看到萨印（草人儿）从宾馆走了出来，便向她大声呼喊，她循着声音赶来。我们走走还是停了下来，在返回的路上看到红色的山菊花在灌木丛中开得如火如荼，在秋季的深绿与藤条的赭褐中特别耀眼，一行人再次聚在一起，围绕着它们拍照，在那一刻，我获取了创作的元素。

回到云顶山庄宾馆，看到雁西、王长征、闫红梅正铺纸，倒墨，准备工作了。我知道马叙、白芳芳在我们去看风光的时候，已经把画材搬入自己的房间，进入到创作中去了。还等什么？我们各自拿了工具，选好自己的位置开始画画。这集体创作的场景很是激励人心，同时也特别考验人，这不比你一个人静静地坐在属于自己的空间中创作，集体创作的环境不仅考验一个人的能力，更考验着你的心理素质，更何况那些不画画的诗人们，呼啦啦就围了上来，走马灯一样在观察着、审视着、比较着、品评着，不知不觉天就在画与看画中黑了下来，我们把“战场”从外面转移到了大堂。画着画着，很快又到了晚餐的时间，诗人画家们被一次又一次地催着去吃饭。

创作中每个人的取材不同，有的画水墨、写书法，有的用丙烯，有的则是作油画，加之每个人都有惯常的创作习性，还有旅途奔波所带来的身体状况不同，手的快慢、速度也自然不同，有的人完成了自己的作品，有的人还在进行中，没有完成的坐在那里吃饭自然心神不宁。我就属于慢人，吃饭的时候惦记着未完成的作品，实在没心情推杯换盏，就匆匆

吃了点眼前的东西，悄悄地离席了。我刚刚在画架子前站好，布木布泰、花语也都回到这里开始画画。晚餐后，云顶山庄的天空下燃起了篝火，慕白、翁美玲一次又一次来叫我们去唱歌，手里的活儿没完成怎么能放得下？外面是星光下的歌舞，里面是静静地工作的人。我是心无旁骛的，因为我本来就喜欢安静，又一根筋，是个在一件事情上深入的人。花语是喜欢唱歌的，外面的欢歌笑语对她而言简直就是挑衅，而她的定力接受住了考验，生生地将自己按在了那里，完成了两幅画。她那内心剧烈的冲突被她写进诗歌中去了。好啦，经过几个小时的奋战，每个人都抢出了属于自己的作品，现在，它们都摆放在了那里，经受着大家的审视与品评。我觉得大家都是很棒的，我们谁也不是专业学画画的，重要的是勇于探索的践行精神。我认为在这样的过程中形成的彼此的学习与促进的氛围也非常有益——事实也确实如此，有些从没有画过画的人心头开始痒痒了，纷纷伸出了想要画画的小手：“我也想画画，我也要画画。”

话说这快乐的夜晚就在篝火、在画架边结束，诗人们进入梦乡。而10月23日的清晨5点左右，就有人开始了行动，走在去看日出的

路上。最迷恋大自然的我，尤其对山峦云海上的日出充满了渴望，这时我的大脑中突然跳出来一个想法，就是为这次绘画举办一个小小的展览，于是我在群里发出信息，通知每一位诗人画家清晨回到自己的画前面，我们要在那里集体合影留念。正是因为这一刹那的灵光闪现，我们在清晨阳光的沐浴中，留下了珍贵的记忆，把那一刻嵌入了永恒。而那些起得更早的人，他们激动地拥抱了壮美的日出。

接下来这一日，我们赶赴刘基庙拜谒了刘伯温先生，中午赶到天圣山的安福寺吃了斋饭。每个人都有自己的感触与收获，尤其是在安福寺吃斋饭时，很多人的心灵都受到了强烈的冲击与洗礼，有些人在用餐时已是抑制不住地泪流满面，他们把这些也都写到自己的诗歌中去了，由于篇幅所限，我就不一一细说了。从安福寺出来我们赶往文成最著名的景区之一铜铃山。慕白说，我们穿越铜铃山出来后，要赶在日落前到隐心谷去看日落。这一天，我们在山一角看日出，到隐心谷去看日落，这是学着夸父的样子追着日头跑吗？他已经为大家精确算好了时间。可是，铜铃山美景的魅力具有摄人心魂的力量，

那就不由他说了算了。

我们的车到了铜铃山，听导游说要穿越峡谷、爬山，经过两个小时的行走才能回到原处，而且不走回头路。爱美的女诗人们必须脱下皮鞋、跟鞋，换上旅游鞋，等我和萨印准备好，想追上行走在前面的队伍时，看到爱青和唐晴走了过来，爱青对我说，她的腿有点毛病，不敢爬山、走太远的路。挽着爱青臂膀的唐晴和我说，她不去了，要留下来陪伴爱青，我心中陡然升起了遗憾，犹豫着想留下来，这时我看着萨印也犹豫着，她那担心自己走不下来的心情被放大，我赶紧拉起她的手，催促着往前赶，如果她不去，我心里又多了一层遗憾，我想让来的每一个人都与文成的山水之美、与万千生灵相遇。铜铃山的美我是知道的，这是我第四次来，但是我觉得每一次它都是崭新的，都有很多未知等待相逢。进入铜铃山，先踏上的是用圆木铺成的栈道，我们随着栈道迤逦在丛林间，下到谷底，诗人们很快就被峡谷的流水之美所吸引，铜铃山要说最美的应该是壶穴风光，这也是它最独特的，你需要走过被清澈流水冲击的石墩儿桥，需要迎着山崖登上陡峭悬空的木制栈道，迎着瀑布喧然的声音，迎面是经千万年激流旋冲而形成的“壶穴奇观”，这就是峡谷里隐藏的十二个大小不等的圆形深潭，口小肚大、形似酒埕的绿潭，为

“十二埕”，来到的人没有不惊叹天地之造化的。而诗人们在感到惊艳的同时，更唤醒了很多生命中沉潜之物，简直不想再往前走了。是的，不想往前走了，在壶穴旁，在流水边，在石桥上，在树影、光阴交织的美艳中，融入、迷幻，已是无尽的眷恋。要写诗、要画画的人，再次感到一切都仿佛来到了生命的出口。

一个人在生命中蓄积了才情，需要一种相遇，一次唤醒。走在这样的山水间，喜欢画画的诗人们应该更多出了一分敏感与才思。我和海男拍下流水、树木、天空的云朵交织的倒影，我们在这大美、微妙的美之前一次又一次感叹、折服，要说这世界上最好的画师，一定是大自然。师法自然啊，这一定是真理。扛着沉重照相机的川美，用长枪与短炮一次次把眼前的美定格，收入永恒，她用相机记录了山水，也记录了融入了山水间的我们。等我们走出铜铃山峡谷，已是日暮时分，那隐心谷的落日自然是看不到了。走出铜铃山的萨印在朋友圈发出了这样一条信息：在娜仁的鼓励下登上了铜铃山，完成了两个多小时山路行走，险峻、崎岖，惊心动魄，终于在爱青的惊讶声中到达原点。

10 月 23 日的夜晚，是更为浪漫美好的夜晚，诗人们住进了高山树屋里，成为归巢的鸟儿、树上的果子，而明亮的月亮和璀璨、耀眼的星光，让他们

回到天上。在山神、天神的守护中怀着激动不已的心情入眠。24 日的清晨，绚丽的彩霞，壮美的日出，美猴王在山谷间回荡的叫声迎来孩儿们的呼应，也送来依依不舍的离别。诗人们都说，居住在隐心谷的夜晚与在隐心谷享受时光的清晨，是一生都不会忘记的。

离开隐心谷，赶往让川，赶在中午在让川吃长桌宴，感受畲族独特的文化风情。让川古朴的小镇风情、田园风光也让诗人们很是留恋。男诗人们如风、如雨，行走得自然快些，该看的自然都看到了，该记住的自然也都记住了。女诗人们就不一样了，走到哪里都有拍不完的照，有的人特别入境，拈住一朵花，扶着一棵树，这样照那样照，总是还有更投入的时刻在后面。在让川也是这样。让川古老的石头墙发出光阴的魔力，有人趴在墙上摆出各种姿态，从容、优雅得仿佛时间为她停止了一般。为了赶行程，我着实有些着急，拉着布木布泰向前走，我说：你看，美女就是这样，抱着墙就不撒开了。布木布泰突然就笑了起来。

百丈漈是文成最著名的风光，只要你去过就会认可这说法，它的美是不负盛誉的。我担心有人会在导游介绍它的巍峨高度时打退堂鼓，便说：百丈漈是文成最美的风光，如果你来了文成没有到百丈漈，等于你没有来过。这次，所有的人都跟上了大队伍，在百丈飞流、浪花飞雪、水帘洞疾风、

湍流激荡的惊心动魄的美中，恍惚、迷离，仿佛走在梦里，又像穿越千年。而我们走到哪里，哪里就成为绝美的风光，女诗人们的红袍、花氅、白裙，独特的风韵给青山绿水装点了妩媚、妖娆。

分别的晚宴在篁庄璞石民宿中欢喜地开始，在推杯换盏的酣畅中话别，郝子奇、龚璇、海男、梅依然等都纷纷走上台去唱歌、朗诵诗歌，离别的伤感越来越浓，诗人们相互拥抱、泪水纷纷，有人已是哽咽不止。我对大家说：“每一次分别都是相见的开始，相聚已经在前面等着我们，期待山水间再相逢。”那晚篁庄的月亮特别美，美得古远。

回到家中后，有些惦记当时有几位身体状况不太好的，打过电话去问询，巧的是他们都对我说，这次去文成真是神奇得很，不但腿不疼了，腰椎不疼了，走起路来还特别轻盈了。我说：“是被文成安福了啊。”文成确实是一方福地。

由于篇幅所限，参会的所有诗人在此文中不能一一提到，好在这只是拉开的序幕，他们每一个，将在下面的诗歌中出场，或者说：他们携着诗歌而来。

波光在我眼底升起

海男

波光在我眼底升起

从踏上你的版图，波光粼粼
像是古老博物馆的月亮
农耕地址，飞翔着几只白鹭
那是在玉壶镇，该走的人走了
该回家的人，回家了
该留下的人，在青山绿水中
成了新人。农事繁荣
沟渠，倒映着几世纪的蓝天，银白色的阶梯
谷物地上有熔炼术中的草垛
我们在此拍照，想念你们啊
在此轮回的先人，从农事书飞来的云雀
想念你们啊，布衣柜中的
皇历，前世的一只青蛙王子
带着我们沿畅通的水渠
找到耳根下的乐音，好参加
你们的庆典。想念你们啊
十月的金黄色，玉壶镇的
老房子里藏着的那部汉语词典

蒹葭，蒹葭

川美

蒹葭，蒹葭

玉泉溪升起两只白鹭
把白色信封投进巴茅丛
巴茅花燃起白色的火苗
——我的哥哥在威尼斯

铜铃峡升起两只白鹭
把白色信封投进斑茅丛
斑茅花燃起白色的火苗
——我的哥哥在西班牙

天顶湖升起两只白鹭
把白色信封投进针茅丛
针茅花燃起白色的火苗
——我的哥哥在鹿特丹

下石庄升起两只白鹭
把白色信封投进蒲苇丛
蒲苇花燃起白色的火苗
——我的哥哥在布雷西亚

巴茅、斑茅，与针茅
围着蒲苇，唱古老的情歌
它们从来不唤我本名
就像我，总叫它们“蒹葭，蒹葭”

在安福寺

翁美玲

在安福寺

心安即福。有足够的安
——在文成，在一座寺庙

晚安，早安，午安……
一切的安，一生的安
它们彼此对应，相互敞开

我心中有他
爱众生
也以微尘之相被爱

他说：一切皆幻象
而我早已借用人形，倾一生
热爱这虚无。他说：转身吧
我用手捂紧心口，一片落叶坠地
夕照边沿，一棵树紧了紧身

人间天宇，梵音绕耳
一切佛端坐大殿
一切的你安住了一颗心

云顶山的黄昏

郝子奇

云顶山的黄昏

落下来　是淬过阳光的黑暗
粘连了起身的云雾
山峦的连绵正在模糊
悬崖上　起跳的风越来越高
撕裂着掉落的云块
苍穹下垂　远方已经弯曲

大过石块的星斗
从弯曲的远方　薄云的裂缝
山顶伸向高空的树杈上
落下来　离我的孤独
只有伸手的距离

我不想推开身边的黑
万物正在隐去
请让它们脱去疲惫　露出原形
我不想摘下星盏
黑暗正在加重
许多事物需要借着星光前行
最后的秋天　在纷飞的叶子上
正被晚开的野花抱紧

而我　松开了自己的影子
让肉体抱住晃动的灵魂
就像远山松开了落日

山谷松开了风暴　大地
松开了辽阔的黄昏
岁月松开了历史　沧桑
松开了伫立的我
我身后正在野草上爬起来的浮云

百丈漈，我失去的泪水，原来都在这里流淌

久久凝视你，绝壁，耸立，望远
我看见了暮色苍茫中的文字，时间之刀
在石壁上刻出的千百个你
往日的爱神渐渐模糊
像失忆，淡忘了生生死死，站在悬崖
瀑布之前
铺天盖地的雪落了下来，像你一夜
白了的头发
千万次地望着你，感受你
彩虹流动，金波滚滚，你在对我倾诉
我也在对你表白
所有的语言，归为一句：
我爱你，我只爱你
瀑布也是彩虹，阳光和水的女儿
爱神的图典，也是我想写的
诗行。一道道光，在多彩中舞蹈
对，静一静，脚步停下来，明白了
我失去的泪水，原来都在这流淌
一漈爱得崇高，二漈爱得深沉
三漈爱得宽容
爱的秘密和真谛都在这里
“真爱都是在心里，无须表白，让她们
继续兴奋吧！”
而我，站在你的面前一言不发
内心也正兴奋着，继续，都继续

铜铃山记

龚璇

铜铃山记

有青潭，有壶穴，有奇岩
还有几把花伞，在山间栈道若隐若现
红衣少女，缚紧手腕上的铜铃
穿梭沉睡的森林，银钟花，鹅掌楸
连香树，眯缝着眼睛
谁知惬意的心情。百丈漈瀑布
飞溅山石，跳跃涧水的联想
身轻如燕

那些疼痛的倾注，在我面前
留着美丽的企图
瑶池的倒影，有飞鸟
捎去低垂的记忆，犹如天使
把剩余的秋天，殉情一生的青翠
在故道旁，绯红枫叶的脸
你还想发现什么
入云的铜铃，已听不到急遽的心跳

不知道哪里飞来的鱼
误落醉鱼草。未能提及的初恋
氤氲少女的眼睛，谁敢轻易言弃
只是秋风过后，委婉的铃声
与唧唧虫鸣，唤醒着潜意识的梦
枫叶红了的时候，游离的魂魄
怎能低头走过。闻着山中的清香
我的笔记，会有遗世的水墨

泗溪河

▮马叙

泗溪河

我看到一个少年坐在泗溪河边向流水也向天空学习
白云，飞鸟，风筝

我由此想到早年的蓝土布衫
那是生活向大地学习的朴素范本

现代的大岱小城，仍被教导向这条溪流学习
流水，倒影，日常，以及质朴的洗涤

我曾几次住在阳光假日酒店反复倾听流水
这听觉的早晨，每次都要飞上天

走在泗溪河边，我向青年也向少年学习
他们洗亮了我的白发，使得河流绵长有了新义

而河流是于大地山峦中一直向天空学习的典范
走在河边的人有多安静，岁月就有多丰富

铜铃山用美诱惑了我

萨印

铜铃山用美诱惑了我

铜铃山用美挑战了我
用美，让我退回到远古

几声鸟鸣漫过山岭
轻轻迈向一根根圆木铺就的道路、台阶
迈向一条条清澈的小溪
一滩孔雀蓝的湖水被风吹送
几片枫叶随意地红在绿叶间

缓慢行走，每一步
好似神在我的双肩插着羽毛
在蜿蜒的乱石小路演绎神话
在深蓝的潭水边搭救一位仙女
在险峻崎岖的石洞里
找到修炼的秘笈
为相爱的人找到一张石床

铜铃山美，它用美
消除了我在人间的担惊受怕

铜铃山听风

唐晴

铜铃山听风

所有的遇见，都需要出发
每一次出发总会有不同的理由
天空蔚蓝，有白云几朵
崇山峻岭之中，我真的渺小
如一颗小小的石头
来自女娲补天之地，在繁华之外
寂静了千年万年，被娜仁的佛菩萨唤醒
听见慕白在“三不朽”名人故土召唤
来到铜铃山，我无须行走
无须向丛林之下每一朵盛开的野花问好
更不能惊扰在一枝水草上入定的小鸟
在铜铃山顶，我如此安宁
听着虚无的铜铃，听着自己的心跳
听着山风悄悄地吹过
度过了余生中最美的一百五十秒

文成瀑布

它反复喧哗，飞白
说飞流直下三千尺，仍秉持的肃洁
是领群山歌咏，为亡灵超度
山神手持洁世的拂尘，多像
为时光涂抹白鬓的，丹青素手

它反复倾泻，高歌
陪俗世虚无，做空中
或轻或重的缝补

从高到低
这是不想回头的蹦极
以卵击石
这是以身抵命的落座

我身穿雨衣
从它身边跑过
都没能挡住它飞落的截句
溅我袜鞋
湿我心藏的恍惚，抽离
再抽离

独自在安福寺外静坐

爱青

独自在安福寺外静坐

沐手台洗手
洗心台净心
低头三炷香
许下青菜豆腐平静的愿望

不想再往前走了
阳光树影婆娑
我独自在安福寺外坐下来
坐入隐隐约约的梵音

一位面色黝黑的老人走过来
用口型和手势不停地讲述着
他目光恳切，微笑着
和我分享着一段隐秘的时光

看啊，十月的阳光多么温和
慢慢地照耀：喜悦、悲伤
梵音里盛满慈悲和泪水

云顶山日出

阿西

云顶山日出

从篝火的余温中醒来
已是早晨六点四十三分
我知道许多人见证了日出
三种红的混合颜料堆在垭口
向上蠕动一个神圣的动词
我可以感受到他们冻僵的脸
第一个从黑暗中醒来的人
是从科尔沁来的人
而当我从山庄旅舍走到山顶时
已是明亮的七点十一分
山峦轻雾曼绕
雄峰万壑已尽收眼底
走在被别人写尽的遗憾里
一丝阴冷袭来，文成
昨天被我涂抹在一小块画布上
只是折叠了所有山川风月的
一抹淡然而飘忽的灰绿
此刻，山一角的上方
太阳明艳而慷慨地盛放在那里
像我们伟大的老情人
带着她全部的爱最后的爱
把一个个疲惫的浪子
揽入怀中

纳兰

隐心谷

在隐心谷
先要经过风的盘查
和长长的隧道对你的一次吞吐
吞吐意味着重生
和重见天日。

还要自我询问
有没有心?
有没有身心一致?
才能将心灵隐没于此。

没有太多充满诱惑力的事物
所居之“树屋”,
也只不过是树穿上了一件外套。
只有词的寂静,
反哺着人的寂静。

安福寺上空的白云

叶逢平

安福寺上空的白云

鸟儿的叫声，把白云的自由
变为祥瑞抛给天空
白云，与烟火相处于安福寺

我一直都在想：白云
不在人间。哪怕一白遮百丑
一字不识的白丁，它一旦有形
像居所的放生池
成为安心寮。钟声就是不装雨
积攒福音
在金刚殿，云蒸霞蔚

看秋天归来的花朵，我奔跑
在大地上，譬如白云下的马
烟火直挂出家的温带，终将
升华，我自觉
成为众生眼中有用之人

因为白云，不惹尘土
它不辜负我的人间烟火

蓝瀑布

布木布泰

蓝瀑布

喜欢蓝色，甚至连同百丈漈一起
把天空捅破，让蓝倾泻而下
我就这样正大光明地为百丈漈命名
截取第一漈名曰：蓝瀑布

蓝瀑布与暖玉姐姐混搭得分外妖娆
这一瞬间，只有百丈漈
赋予了我至高无上的权利

第二漈归猴哥儿掌管，过水帘洞时
包裹严实，才不至
被猴哥误认为妖精，而魂飞魄散

第三漈留给女孩儿们浣纱
五颜六色的纱，纷纷被流水掳走
唯有我的魂儿
被蓝瀑布，死死拴住

在铜铃山

李青萍

在铜铃山

且让我用松针和落叶做床
且让我用白云和蓝天做被
且让我依山而眠
放下昨日凡心
在这一瞬间迷离走失
与众神对话

听风中
铜铃声穿过的清脆
看山间
飞兔走，野鹤游

请傍晚的萤火虫
聚成一道光，指引我回家的路
请大山抱紧我的孤独和忧伤

允许我无视人间悲欢
异乡人
今夜的你一定没有乡愁。

百丈漈

香奴

百丈漈

石头站成千军万马，仍然无法阻挡
一条河要以瀑布的形式涅槃
水，粉碎成更小的水
无色之水修出了不可否认的白

细柔地倾诉、急切地呼喊、愤怒地咆哮
绝望地悲鸣……纠缠在一起，无法分辨
我们树立了水的理想
并为此翻山越岭，直至三漈看尽
世界，恢复平静

石头有石头的坚守
水有水的旅程
说不尽的爱恨情仇，都将去往下游
聚集成渊
水由百草染绿，沉默仍然有金子的成分
我们爱过的人最后都恢复了
深不可测

情人瀑

梅依然

情人瀑

假如，我在爱的途中
汽车奔跑的速度
怎会快过我的快乐
流水的鸣叫
此刻，怎能高过我的痛苦
这些流水
就像那灌进我喉咙的酒
在我身体里沸腾
情人瀑呀你日夜不息地流淌
我知道——你是
意义和象征
一段——终将——逝去的记忆
如真似幻

秋日，铜铃山素描

白芳芳

秋日，铜铃山素描

畲女荷锄水岸
远远的　像鸬鹚微张了翅膀

长格子的稻田橙黄绿蓝　取样于
畲家女人的衣衫

秋荷如干枯了的庄稼人　依然
秧一样插在田间

水藻做荷叶状
倚在波上晒太阳

忽然水面一个喷嚏　一条红鲤被吐出老高
又伸直脖颈迅速潜返

稻子游上岸　卸去披挂
睡卧在水泥的堤岸

欢　喜

闫红梅

欢　喜

在隐心谷，在寂静无声的秋日的
清晨，为了配合这个诗意的名字，我
蜷缩在木屋前的躺椅里，将一颗小小的心
隐藏在一枚落叶的背后……而满心的，是我自己独有的
无端的欢喜

阳光，像第一次分别后你见到我时的样子，暖暖地
扑在我的身上，一枚叶子
悄悄地、轻轻地落到我的胸口
仿佛它，找到了
它的另一半……

唉，我就是隐心谷里，那一粒
阳光中舞动的尘埃，心可以隐去，但我无法
把满心的欢喜
在你面前藏起

安然自得

▮暖玉

安然自得

站立是绝壁，躺卧是峡谷，连绵成峰峦
像我，非要把铜铃山的薄雾
变成白纱衣，再将秋色隐心

晨起
阳光有些耀眼，更多则是轻言细语
池水碧蓝，倒映的暗影部分
野蜂的翅膀蹁跹

而猴王谷里，总有不想当王的猴子
安然自得

玉壶慢，稻草鲜

马文秀

玉壶慢，稻草鲜

在玉壶镇，时间脱去外壳
撇弃匆忙
只剩下静与雅

诗人们在巨大的蜗牛怀里
听王书记讲侨乡镇的故事
试着以碎小的步子
感受城郊野趣

迎面的稻草堆
在风中咧开嘴大笑
堆放五谷丰登的喜悦
将岁月静好移交给秋天

诗人站在稻草间
像极了玉壶镇的使者
与稻草追逐、交谈，甚至
将情话留给草木

多种色彩交织在照片中
像极了大地脱口而出的诗句
藏着无数玉壶镇的影子

云顶山

王长征

云顶山

白云坐遍山丘
山峰硕大的脑袋低垂
秋风奔跑在油画般的绿叶间
大自然赐我沁心的诗句
让温暖的小木屋在浓密的雾中呼吸
俊鸟在窗台上
高一声低一声啁啾
于心尖掐出朵朵莲花

佛光照彻天空
大地披上金色的斗篷
案上的杯中
绿芽伸展慵懒的四肢
浅吟低唱与天籁应和
房子周围的花朵渐次醒来
俏脸上闪耀浓重色彩
幽香催醒了酣睡的万物
簇拥着每一粒飘浮的微尘

生命涌动的四季在蓝天下兴致勃勃
为充满动感的景色命名
把松鼠喊成火焰　把流水唤作歌声

在猴王谷

潘海青

在猴王谷

猴王谷又一次
把负离子、落日、霜降出让
今夜。巫师们的爱开始生火
月亮更圆润，枯草低矮

在天空之镜前，阴暗面
还有多少苦难，登不到高处？
秋风收拾着残局
从一个山头
到另外一个山头

此刻，匍匐在半山腰
我只向一只秋虫致敬
用远山的回音……

在玉壶镇

长安瘦马

在玉壶镇

阳光照射进来，椅子和音乐色彩斑驳
咖啡在手中升腾着热气，像山中缥缈的薄雾
田地里的稻秸凑到一起，喁喁私语
偶尔，向咖啡馆里看上一眼
我一抬头，就看见稻秸身上的蜗牛慢了下来
咖啡店街心青石上的蜗牛也慢了下来
我搅着咖啡的手也慢了下来

这是玉壶镇的中午
我在玉泉溪边遇见一位九十七岁的老人
岁月在老人身上慢了下来。老人和声细语
和我说着什么
就像我听不懂雨雪中飞鸟的辉煌与艰辛

这一刻，“慢”是一种陶然的境界
如今，“慢”对我们来说已变得奢侈

篁庄村的二十二点

叶德庆

篁庄村的二十二点

月亮吻过手背之后
万物晚安。

篁庄村的民宿即将打烊
分离的人抓紧时间挨个拥抱

二十二点，月亮斜挂在夜空，最好看的样子
篁庄村的柏油路斜身而过
有人自始至终斜挎着布袋

篁庄村在山顶
一盆兰草在民宿前斜着
一棵三角梅斜生在墙下

斜着身子告别的样子真好看
仿佛月亮吻过万物之后
一些眼泪斜挂在食指上

猴王谷

非渔

猴王谷

猴王是不抢食的
它保持着王的尊严
猴子们无须进贡
事实上你很少看见
猴王吃东西
它吸天地之精华
而静观一切
王，我相信
你是神赐的
我也愿意相信
你，就是神

秋天遇到一生的第二条河流

裴海霞

秋天遇到一生的第二条河流

秋天遇到一生的第二条河流
向我的血管注入清新
水花是一叶荷舟
潺潺湲湲地流入一场南梦

这条碧水有百丈潦的落差
有一江春水向东流的涴碧
她名叫飞云江
和我的弱水三千不同

今生，我注定要南北游走
只因魂牵梦绕跨过了半生
而我今夜是一条春水

百丈漈观瀑

慕白

百丈漈观瀑

这才是春天，多么撩人的时刻
峰峦一起一伏，福地洞天灿若星河
万物复苏，春色有无中，鸟鸣山涧
你的桃源在世外，日后不再有

深入山的腹地，溪水潺潺流淌
野花遍地开，娇莺恰恰啼，这一刻
江山有风月，你不春寒，我不料峭
天是蓝的，云是白的，大地为床
我们多自在，风在吟唱，水也温柔

世上闲人地上仙，山道崎岖
常青藤绕着合欢树，忘记爱别离苦
灵与肉的融合，在悬崖边缘
难舍难分，我看到天上日月同辉
为了共渡爱河，百丈飞瀑
一泻千里，魂飞天外。乐山爱水
那一日，我尝到了真爱的滋味
生死相依，芳草鲜美，飘飘欲仙
这是第一次，永远都是第一次
我不怕跌入谷底，跌入深渊
不怕跌入万丈红尘

铜铃山峡谷

娜仁琪琪格

铜铃山峡谷

女性的胴体、渠道、骨盆，壶穴
大地的宫腹
欢腾、沉伏的泉源
千万年的冲击、澎湃
激荡——

这恒久的爱，眷恋
拥抱飞升的天堂与跌落的深渊
惊心动魄

落花飞雪——
翠绿的爱、碧绿的爱、墨绿的爱
晃荡着天光云影的爱
坦荡、妖娆

——滋生、养育
风生、草长、花香、鸟鸣
自在的鱼儿，行走的小兽

不舍离开，从铜铃山峡谷
走出来的我们，在晚霞的余晖中
被它诞生

图书在版编目（CIP）数据

诗歌风赏·水软山温／娜仁琪琪格主编．-- 武汉：长江文艺出版社，2021.6
ISBN 978-7-5702-2074-8

Ⅰ．①诗… Ⅱ．①娜… Ⅲ．①诗集－中国—当代 Ⅳ．①I227

中国版本图书馆 CIP 数据核字（2021）第 069565 号

诗歌风赏·水软山温
SHIGE FENGSHANG SHUIRUAN SHANWEN

责任编辑：谈　骁　　责任校对：陈　琪
封面画作：娜仁琪琪格　　责任印制：邱　莉　王光兴
书籍装帧：苏笑嫣

出版：长江出版传媒　长江文艺出版社
地址：武汉市雄楚大街 268 号　　邮编：430070
发行：长江文艺出版社
电话：027—87679360
http://www.cjlap.com
印刷：廊坊市旭日源印务有限公司

开本：720 毫米 ×1020 毫米　1/16　印张：14
版次：2021 年 6 月第 1 版　2021 年 6 月第 1 次印刷
行数：6192 行

定价：49.00 元
